TRØBBEL I TRONDHEIM

MATS VEDERHUS

Publisert i 2021 av Gumshoe – et Next Chapter-imprintforlag

Sjeik, en venn uten ord.
Line, en venn med ord.
Marte, for inspirasjon.

PROLOG

Slik han lå fremfor henne i det øyeblikket visste hun at det ikke fantes noen vei tilbake. Øynene liksom stakk ut av hodet, lik dem hun hadde sett på frosker de skulle dissekere i naturfag-timene på barneskolen. Tungen var opphovnet og stakk ut av munnen. Ansiktet hadde fått et sykelig skjær av blått. Den skreddersydde dressen hang slapt og livløst på kroppen, og all status den tidligere måtte ha tilført ham var nå bare et vagt minne.

Hvorfor kalte han meg en hore? Det var ikke så mye lyden av ordet, men assosiasjonene det brakte med seg som fikk frem djevelen i henne. Før hun dro hadde hun lovet seg selv at dette landet skulle bli en ny start. Hun sukket, snudde seg, gikk ut av båsen og lukket døren etter seg. *Jeg kunne ikke noe for det, det var hans feil.* Hun entret inngangshallen på Værnes flyplass.

Utenfor inngangshallen var det begynt å regne. Hun satte seg inn i den første taxien hun kunne finne.

«Hvor skal du?»

«Bordell,» svarte hun.

Hun likte ikke velkomsten, men likevel – dette landet hadde potensial.

I Aftenbladets nye lokaler i Ferjemannsveien 10 hersket en stemning av kontrollert kaos. Nesten alle journalistene var ute på oppdrag eller arbeidet hjemmefra mens de ventet på at kontorlandskapet skulle ferdigstilles. Redaktør Karlsen hadde lett seg frem til en av de få som var til stede blant flytteesker, flate pakker fra IKEA, skrivere og bærbare PCer som var satt opp på improviserte bordflater.

«Hammer, din jævla idiot. Våkn opp, det er en fyr som er drept på et toalett!»

«Hm, zzz.. hæ?»

Redaktør Karlsen så oppgitt ned på sin mest upålitelige medarbeider.

«Nærmere bestemt på Værnes. Egentlig burde jeg vel bare la deg få sov videre, men det er ingen andre som kan ta dette nå.»

«Slapp 'a, sjef. Jeg og Hansen tar oss av dette.»

Karlsen sukket. «Det var det jeg var redd for at du skulle si, sjø. Bare ikke drekk flere pils!»

«Neida,» mumlet han, karret tweedfrakken til seg fra stolen og slengte den utenpå sin gule dress. «Hansen, kom, vi skal til Værnes – helst i dag!»

Den unge deltidsvikaren Frank Hansen så opp fra PC-skjermen og kastet et skeptisk blikk på den lange skikkelsen. *Hvem var det Felicia i underholdningsavdelingen hadde sagt at han lignet på? Jeff Bridges, var det! Selv med fedora og en sigarett konstant hengende ut av munnviken kunne man ikke unngå sammenligningen.* Utseendemessig kunne de ikke vært mer forskjellige. Frank Hansen var av middels høyde med en begynnende kulemage. Han hadde kort, brunt hår og tettsittende blå øyne som så ut til å blunke usedvanlig mye.

«Greit, men jeg drikker ikke på jobb, bare så du veit det.»

«Det er fordi du ikke har vært lenge nok i gamet det, Hansen.»

«Slapp av, Hammer. Jeg vet hva som skjedde. Alle i redaksjonen veit det. Det var førstesideoppslag i VG for faen.»

Hammer snøftet, og sa ikke noe mer før de var kommet ut i en av bilene til Aftenbladet.

«Hør her din lille snørrvalp. Det er ikke derfor jeg drikker, bare så vi har det heilt på det rene! Det har gått to år, jeg er over det der nå.»

«Ja vel. Hadde det vært meg hadde jeg antagelig langtidssykemeldt meg på ubestemt tid og dratt til Bahamas. Jeg synes du har håndtert situasjonen bra, jeg. Men jeg drikker fortsatt ikke på jobb.»

Hammer lente seg tilbake i setet og trakk fedoraen godt over pannen idet Hansen gasset på i retning Værnes.

KAPITTEL ÉN

NIENDE OKTOBER 2011

ALT STARTET PÅ TROLLA BRUG I TRONDHEIM. UTENFOR DET gamle, nedslitte skipsverftet stod tre trailere med russiske skilt. Hver av dem hadde en hale av mennesker som kastet sekker med heroin til hverandre i regnværet.

Kurt Hammer stod på det ene lasteplanet, lettet over at fem hundre kilo heroin snart var ute av bilene. Ut av skipsverftet skrittet Padda, en skallet mann på to meter med flatpakket tryne og tyre-nakke som så ut som en tidligere styrkeløfter og utgjorde den ene halvdelen av ledelsen i Trondheim Hells Angels.

«Lars?» Kurt så spørrende på det glattbarberte trynet, plantet mellom to enorme skuldre. «Du kan gå hjem nå, jeg tar over. Folk har vært flinke, trailerne er jo nesten tomme.»

«Sikker?»

«Om ikke du vil være med å fordel skiten da?»

«Nei takk, den står jeg over. I hvert fall til i morgen!»

Kurt kastet sekken han hadde i hendene til russeren bak seg, før han hoppet ned fra lasteplanet og bort til sin Triumph Thunderbird.

Den stammet fra et politibeslag, og den siste måneden hadde han knapt blitt sett utendørs uten.

Turen til Ila tok ham seks minutter, og ytterligere tre minutter senere foran Thon Hotell Prinsen vurderte han å ta en avstikker til politistasjonen for å levere inn pistolen og maskinpistolen sin. Men tanken på å se forloveden Marte og den nyfødte datteren igjen gjorde at han raskt slo fra seg den idéen.

Han gasset på videre forbi den gamle grå murbygningen med røde detaljer som utgjorde Prinsen Kino. Da han kom forbi Studentersamfundets røde fasade ble han bombardert av regndråper på størrelse med golfballer.

Vel fremme ved leiligheten i Volveveien 11A på Nardo dryppet han av vann og svette fra topp til tå. Fireroms-leiligheten minnet mest av alt om en firkant av tre, malt hvit, med en liten kvadratisk bod foran som også fungerte som lagringssted for søppeldunker. Leiligheten var bygget sammen med en annen leilighet, denne avlang og malt i svart, også denne med en bod foran. Han hoppet av sykkelen og gav den et klapp på setet, før han gikk over grusveien og kjente på døren. Lukket. Kanskje hun hadde sovet lenge?

Han fant frem nøkkelen under matten foran seg, satte den i nøkkelhullet, vridde om og åpnet døren.

«Hallo, Marte? Jeg er hjemme.»

Ingen svarte. Han forsvant instinktivt ut av døren igjen og hentet pistolen sin fra vesken på motorsykkelen. Inne igjen kunne han kjenne et kaldt gufs fra kjøkkenet. Det ene stuevinduet viste seg å være knust, men bortsett fra det fantes det ingen tegn på noe unormalt. Han kunne ikke oppdage noen spor. Det skulle ikke være mulig i dette været. *De som hadde brutt seg inn måtte ha tatt av seg skoene.*

Fortsatt med pistolen i begge hendene entret han soverommet. Med ett forsvant all tvil om hvem som hadde brutt seg inn. En stank av blod hadde bredt seg ut i det store, hvitkalkede rommet. I den svarte dobbeltsengen av typen Fjell fra Ikea lå Marte lenket fast med to håndjern. De lange, lyse krøllene lå pent nedover skuldrene, og ansiktet var låst i en måpende grimase. Et kulehull hadde oppstått i pannebrasken, flere i mageregionen. Dynen var gjennomtrukket av blod. Sprinkelsengen på den andre siden av rommet orket han knapt ofre et blikk. Det som befant seg der var ikke så mye restene av et menneske som et kadaver.

Han snudde på hælen og forsvant tilbake til sykkelen sin. Rasjonelt sett skulle han ha ringt 112. Men rasjonell tenkning befant seg nå i en annen verden.

I blindt raseri kjørte han fra Nardo til Trolla Brug med en snittfart på åtti kilometer i timen. Da han kom frem var trailerne allerede vekk, men de fleste syklene var fremdeles parkert utenfor. Det siste han gjorde før han gikk inn var å ta på seg den skuddsikre vesten plassert i sykkelvesken sin. Inne i lagerhallen stod Padda, Martin, Ramberg, Flisa og flere andre, alle med munnbind. Noen åpnet sekker. Andre fordelte heroinen i små poser.

Hvis kollegene mine hadde vært her nå, hadde de ledd rått av hele operasjonen - uforsiktighet satt i system.

Men de var ikke her, det var bare ham og maskinpistolen hans. Det ble en ordentlig kamp. Heroin og blod skvatt til alle kanter, som maling på det grågufsete relieffet utenfor.

En halvtime senere var alt over. Et tjuetalls kropper lå utover det grå betonggulvet, oppå trebord og bak trekasser. Uten et ord reiste han seg fra knestående, gikk ut, satte seg på sykkelen og kjørte hjem.

Noen timer senere slo han på TVen i Volveveien 11A.

«Et gjengoppgjør har funnet sted på Trolla Brug, hovedkvarteret til Hells Angels i Trondheim. Sytten personer er drept og tre personer hardt skadd i det politiet beskriver som den verste skyteepisoden i Trondheims historie.»

Kurt Hammer åpnet en ny flaske Jack Daniels og ventet på sirenene.

KAPITTEL TO

TJUESJUENDE APRIL, 2010

DET VAR OPPBRUDDSTEMNING I NRK. FEMTEN MINUTT gjenstod før Dagsnytt kl. 19, og det gikk rykter om at viktig besøk var på vei til redaksjonen. Jon Gelius satt i sminken da Nina Owing kom inn og satte seg i stolen ved siden av.

«Har du hørt det, hvisket hun, mens hun fikk påført litt rouge i kinnene.»

«Nei, hva?»

«Du vet at Medvedev er på besøk, ikke sant?»

Jon nikket. Han var, selvfølgelig, klar over at Medvedev var i Oslo for å signere en avtale om grenselinjer i Barentshavet og Polhavet. Det var en av hovedsakene i sendingen.

Nina fortsatte å hviske. «Jeg fikk beskjed fra resepsjonen om at han kanskje er på vei hit.»

«Tuller du?»

«Jeg vet det høres ... søkt ut. Omtrent så søkt at det kan være sant. Eller hva tror

du?»

Jon la ansiktet i dype folder. «Vet du om Hans-Wilhelm er på vakt?»

«Det tror jeg faktisk han er,» smilte hun.

Ca. et kvarter senere kunne de to presentere sendingen i studio. Akkurat idet hovedsakene hadde blitt presentert, kunne Jon notere seg en melding på øret fra producer Geir.

«Medvedev med tolk er i resepsjonen. Sendingen blir utvidet med ti minutter. Russland har nettopp gått inn i Schengen. Gedigent scoop!»

Jon ble helt perpleks i et par lange sekunder.

«Ja, da får jeg inn på øret her at ... president Dmitry Medvedev er på vei inn i studio for å snakke om ... at Russland har blitt medlem av Schengen.»

Kameramennene og script så på hverandre som om de ikke kunne tro det de nettopp hadde hørt.

Ett minutts stillhet fulgte.

«Ja, eh, det tar visst litt tid dette her.» Jon bannet innvendig.

Nina forsøkte å redde situasjonen. «Kveldens hovedsak er altså at Medvedev kom til Oslo for å undertegne en avtale om grensene mot Barentshavet. La oss ta en titt på den saken.»

Akkurat idet saken var begynt å kjøre kom Medvedev nonchalant gående inn i studio.

«I have an announcement to make. » Han stilte seg opp rett ved siden av Jon og Nina.

«Vennligst stå der borte.» Jon pekte. «Velkommen!»

«Takk.» Medvedev tok ham i hånden før han gikk til stedet Jon hadde pekt ut.

Kameramannen begynte å telle ned. «5, 4, 3, 2 ...»

Jon annonserte, «Ja, da var sannelig Medvedev på plass i studio. Herr President, du sa du hadde en kunngjøring å komme med?»

Han smilte triumferende. Et vinnende smil rettet mot kameraene, og Jon kunne forstå hvorfor han var blitt president.

«Ja, i dag, her i Oslo, signerte jeg en avtale mellom Norge og landet mitt. Men enda viktigere - i går ble Russland offisielt en del av Schengen. Dette var resultatet av mange måneder med intense forhandlinger, og det gleder meg å kunngjøre at russiske borgere nå kan reise fritt over grensen til Norge uten visum. Det betyr også at for første gang, kan nordmenn besøke min nydelige hjemby St. Petersburg uten å først søke om visum. Dette er fantastiske nyheter, og jeg håper at det vil bedre relasjonene mellom Europa og Russland.»

Nina måpte. «Når vil denne avtalen trå i kraft?»

«Vel, som med alle slike ting er det mye byråkrati involvert, men vi ser for øyeblikket for oss 2011 som et realistisk tidspunkt.»

«Det er fantastisk! Hadde du noen andre motiver bortsett fra å promoter turisme?»

«Ja, vi håper, som jeg sa, å bedre relasjonene mellom Russland og Europa.»

«Prøver du å konkurrere med Norges olje- og gasseksportering,» spurte Jon.

Medvedev smilte. «Vel, Russland har tradisjonelt hatt sine egne markeder, blant andre Ukraina. Men det er en del av det, ja.»

«Diskuterte du dette med Jens Stoltenberg?»

«Faktisk, nei. Dere er de første som får høre om dette. Jens er en bra mann. Det var ingen vits i å bry ham med slike detaljer.»

«Er du ikke redd for at han vil føle seg ... snytt?»

«Absolutt ikke! Han vil finne ut på same tidspunkt som alle andre.»

«Vel, vi må videre i sendingen,» sa Jon. «Men takk for at du kom hit for å dele disse viktige nyhetene.»

«Gleden var på min side.»

Medvedev forlot sin anviste plass, og akkurat idet Nina skulle til å presentere neste innslag, kom han bort og kysset henne på kinnet før han forlot like overraskende som han kom. Det gikk et kollektivt gisp gjennom studioet idet blonde Nina ble rød som en tomat.

KAPITTEL TRE

TJUESJETTE JANUAR, 2012

OLYAS MOR DØDE BRÅTT. ETTER AT KISTEN VAR SENKET I JORDEN og familiene gått, var Olya overlatt til seg selv da hun kom hjem.

Innerst inne visste hun at han ville komme hjem, slik han hadde gjort utallige ganger før. Da hun hørte ytterdøren slå opp like etter midnatt stod det likevel for henne som en vond drøm.

«Olya, er du hjemme?!»

Hun lå med øynene lukket og håpet han ikke ville komme inn på rommet. Var døren låst, var døren låst, var døren ...

«Hvorfor svarer du ikke, din frekke lille dritt?!»

Hun åpnet et øye og tittet frem fra dynekanten. Han stinket Stolichnaya.

«Du er full, papi. Gå og legg deg.»

«Hva, svarer du tilbake til papi? Din jævla hore!»

Han rev av henne dynen, løftet henne opp etter nakkeskinnet og kastet henne i veggen.

«Det er din skyld at hun er død, vet du det? Hun fikk hjertetrøbbel av å ta vare på deg, din utakknemlige—»

Hun samlet sammen det hun hadde av krefter og stanget i ham

med hodet først. Han sjanglet litt før han falt så lang han var. Hun løp så fort hun kunne gjennom gangen, inn på kjøkkenet og rev opp nærmeste kjøkkenskuff. I panikk grep hun en brødkniv. Da hørte hun ham komme inn på kjøkkenet. Med kniven i begge hendene snudde hun seg mot ham med kroppen skjelvende som aspeløv i en orkan.

«Hva skal du gjøre?» hånflirte han. «Kom og ta meg.»

Ute av stand til å bevege seg kunne hun bare stå å se ham nærme seg med ustø skritt over det fillete kjøkkenteppet. Til slutt stod ansiktet hans bare en halvmeter unna hennes.

Det neste som skjedde må ses i lys av morens blåmerker og opphovnede øyne. Alle som så henne visste, men ingen sa noe, selv ikke i begravelsen. Alle årene med bank, utskjelling, og hundsing fikk sitt utløp i øyeblikket hun kjørte kniven inn i ham. Et par sekunders stillhet fulgte før han hvisket, «Hjelp meg, Olya, hjelp meg!»

Tankene hennes forsvant tilbake til moren igjen. Hun så henne ligge i en pøl av sitt eget blod om morgenen mens han sov ut på rommet deres. Hennes nydelige gyldne hår var klissete og ekkelt. Hun måtte hjelpe henne inn på badet, kle av henne, dusje henne og massere henne. Alt uten å si et ord.

Stillheten sa mer enn noen av oss kunne formulert ved å åpne munnen.

Hennes femårige selv gikk rundt ham. Hennes tjueårige selv trakk opp teppet før det lukket døren bak seg.

Blant Moskvas befolkning finnes et ordtak. *Man har ikke følt kulde på kroppen før man har opplevd Moskva om vinteren.*

Midt mellom meterhøye brøytekanter på hver side av Tverskayagaten gikk Olya nå foran det som utgjorde kilometervis med butikkfasader. Noen meter bortenfor blokken hun bodde i var noen av dem fortsatt åpne, selv om det var tretti minusgrader. På et stativ la hun merke til en avis-forside med et bilde av Putin og konen hans. Øverst kunne hun lese *Skilsmisse* skrevet med krigstyper. Hun plukket med seg et eksemplar av avisen og gikk inn i den lille matbutikken bak stativet.

«Olga, ikke sant?»

Hun nikket spakt til den skjeggete kjempen bak disken, viste ham avisen og la en rubel foran ham.

«Kondolerer! Hils din papi fra Oleg. Han må ha det helt forferdelig nå.»

Hun smilte og mumlet «Takk, skal gjøre det,» før hun gikk ut igjen.

Ikke før hadde hun lukket døren, før hun stoppet opp. *Hvordan var det han hadde sett på meg, den gamle grisen?* Hun rev av en bit avispapir og skrev ned adressen sin. Deretter tenkte hun seg om et par sekund, før hun la til *tretti minutt*. Til sist gikk hun inn igjen, rakte ham lappen, og forsvant ut igjen uten å si et ord.

Tilbake i leiligheten åpnet hun kjøkkenvinduet ut mot sidegaten, og tok sikte på søppelkonteineren hun hadde åpnet. Hun samlet uante krefter, lempet farens kropp opp på kjøkkenbenken, og dyttet den ut av vinduet. Fallet fra tjueandre etasje var spektakulært. Om han ikke allerede var død, var han det garantert idet han landet med hodet først langt der nede. Hun slapp ut et ufrivillig gledeshyl idet hun langsomt ble fylt med lettelse, fordi idet noen fant den nå lemlestede kroppen langt der nede ville hun være langt vekke.

Ikke lenge etter banket det på ytterdøren. Uansett hvor mye det fylte henne med vemmelse, tvang hun i seg et glass Stolichnaya før hun gikk for å åpne. I gangen gikk hun forbi et speil. De mørke krøllene hun hadde fra sin far stod litt til alle kanter, men det var ikke noe å gjøre med det. De irrgrønne mandeløynene var hennes beste trekk, så hun tok på litt eyeliner fra kommoden før hun tok et lag med leppestift på de fyldige leppene sine. Den røde fargen stod godt til håret og øynene.

«*Du er kvart spansk,*» hadde moren sagt en dag Olya kom hjem fra skolen. Innerst inne hadde hun alltid visst det.

«Min papi var spansk,» sa moren med et smil og blunket til henne. Ham hadde hun aldri nevnt tidligere, men det forklarte den gyldne hudfargen deres. Natten hadde vært særs hard, noe som sannsynligvis var grunnen til at hun nevnte ham da.

«Døde han før jeg ble født?»

«Det gjorde han nok. Han bodde i Málaga, forstår du. Min mami tok meg med hit like etter at jeg ble født. Hun lengtet hjem, men glemte aldri papi. Kom.» Moren dro Olya med inn på soverommet deres. Hun satte seg ned på sengen og klappet ved siden av seg. "Her." Hun rakte datteren sin et falmet bilde fra lommeboken sin. Til venstre for bestemor stod en mann med mandeløyne, en litt for stor nese og et aldeles sjarmerende smil parkert midt i en skog av kraftig skjeggvekst. Han bar han en kapteinslue på snei.

«Han kunne vært papien min,» sa Olya.

De smilte til hverandre for første gang på lenge.

Med bildet av bestefar friskt i minne gikk hun og åpnet ytterdøren.

Oleg var enda større enn hun husket. Før han fikk åpnet munnen sa hun en vanvittig sum. Han åpnet lommeboken, gav henne kontanter og steg over dørstokken.

Noen timer senere stod hun i en av skrankene på Sheremetyevo flyplass.

«Har du en billett til Málaga for ni tusen rubler?»

«Hmm, ikke før langt inn i neste måned, i hvert fall.

Men du kan komme deg til Trondheim, Norge for åtte tusen om et par timer!»

Hun tenkte seg om. *Norge er et rikt land, er det ikke?* Det hadde papien hennes sagt.

Han hadde vært på fisketur med en kompis. Det var visst veldig stor laks der òg.

«Greit, sa hun omsider. Jeg drar til Norge!»

Skjøt i selvforsvar
Av Harry Karlsen og Hanne Estenstad

Tidligere Kripos-ansatt Kurt Hammer ble i dag erklært uskyldig i overlagt drap av Frostating Lagmannsrett. Han har likevel mistet jobben grunnet grov uaktsomhet i tjenesten.
Ingen av de overlevende Hells Angels medlemmene har villet vitne om skytedramaet som utspant seg i det tidligere skipsverftet Trolla Brug den 21. mars.
Dette førte til at lagmannsretten ikke fant grunnlag for aktoratets påstand om at Kurt Hammer drepte de tilstedeværende med overlegg.
Hammer er knyttet til åstedet med DNA-bevis, men har hele tiden hevdet at han skjøt i selvforsvar.
- Denne dommen er oppsiktsvekkende, og vil sette presedens for lignende saker, var aktor Inga Bejer Enghs knappe kommentar til Aftenbladet i etterkant av rettssaken.
En tydelig preget Kurt Hammer var svært lettet.
- Nå skal jeg hjem til Nardo og forsøke å komme meg over dette. Dommen viser at det finnes rettssikkerhet i Norge, sa han før han forsvant i en ventende bil sammen med sin forsvarer Harald Stabell.
Hammer mistet sin forlovede og nyfødte datter på samme dag som skytedramaet, og saken er fortsatt under etterforskning.

Grov uaktsomhet
Tidligere har det blitt kjent at Hammer ble dømt til å fratre sin stilling i Kripos grunnet det Spesialenheten for politisaker karakteriserer som "grov uaktsomhet i tjenesten".
Hammer har foreløpig ikke anket beslutningen.

Gigantisk beslag
Aftenbladet erfarer at Hammer var på Trolla Brug under dekning. Her skulle han hjelpe til med å ta personene som står bak smuglingen av ti tonn heroin, det største beslaget i norgeshistorien.
- Vi vet ikke nøyaktig hvem som står bak, men vi arbeider tett med Kripos og vet at det dreier seg om en gruppe bakmenn fra Russland

som har samarbeidet med Hells Angels i Trondheim. Vi er særdeles bekymret for hvordan de hadde tenkt å distribuere dette videre, og hvem de hadde tenkt å selge til, da det dreier seg om en mengde som er nok til å forsyne hele Trondheim i et år, fastslår Vidar Hanevold ved Avdelingen for organisert kriminalitet i trondheimspolitiet.

KAPITTEL FIRE

TJUEÅTTENDE JANUAR, 2012

«Slipp meg frem!»

«Ingen slipper forbi politisperringene. Spesielt ikke du, Hammer!»

Kriminalinspektør Roy Dundre krøllet sine tynne lepper til et sleskt smil. De små, brune øynene hans utstrålte en overlegenhet mange ganger større enn deres faktiske størrelse. Sammenlignet med Hammer fremstod han som en dverg, men lot seg ikke affisere av den grunn.

«Din tosk,» sa Hammer. «Du veit at jeg ikke ødelegger bevismateriale.»

«Det spiller ingen rolle!»

Frank Hansen grep om sin eldre kollegas skulder og dro ham unna.

«Rolig nå, Hammer. Kan du ikke gå og ta deg en kaffe, så kan jeg få tatt et bilde og i det minste få litt bakgrunnsinformasjon?»

Hammer sa ikke noe, men snudde resolutt og forsvant i retning Starbucks. Hansen pustet lettet ut og snudde kameralinsen sin mot det innpakkede liket innenfor den hvite og røde polititapen.

«Hva vet dere egentlig om den døde?» spurte han.

«Christian Blekstad,» svarte Dundre, «trettisju år, jobba for Adnor Advokater i Dronningens gate. Han hadde vært på forretningsreise til Moskva. Dem ville ikke si hva han skulle der. Men kan jeg få be om litt diskresjon. Vi har ikke informert familien enda!»

Hansen smilte. «Selvsagt. Vi kan vente med å gå på nettet til dere har fått sagt fra. Hvis du kan ringe meg ...» Han dro frem kortet sitt, takket og gikk til Hammer.

«Nå?»

«Advokat og familiemann ved navn Christian Blekstad. Jobbet for Adnor Advokater. Politiet har ikke informert familien ennå, så vi må vente med å legge personalia på nettet.»

«Hmm.»

Hammer så ned i sin grande Latte Macchiato et øyeblikk. «Har du noen teori?»

«Ærlig talt, nei.»

«Vel, det har jeg!»

Hansen så spørrende på ham.

«Erfaring, Hansen, erfaring! Mest sannsynlig gjort av noen fra utlandet - hvorfor i helvete skulle noen dra ut hit for å myrd'n? jeg tror også det var en mann, rett og slett fordi det ble gjort på herretoalettet!»

«Ja vel, det er du som skal skrive teksten, ikke jeg.»

«Aner jeg skepsis i stemmen din?»

«Vel, hvis noen hadde et virkelig godt motiv. Økonomisk, for eksempel.»

Hammer sukket.

«Er det én ting jeg lærte fra min tid i Kripos, er det at man bør forholde seg til mulighet først og fremst. Det minsker lista med mistenkte med en gang!»

Frank så megetsigende på Kurt. «Så lenge det blir en god sak av det ...»

Noen timer senere reiste Kurt Hammer seg fra sin seng i rom 324 på Thon Hotell Prinsen idet han hørte banking på døren.

Da han åpnet døren ble han møtt av en jente han ikke trodde

kunne være mer enn tjue år. Hun var iført en fotsid paljettkjole i sølv som komplimenterte hennes gylne hud. De mørke krøllene hennes svingte fra side til side idet hun kom over dørstokken og dyttet ham ned i sengen.

«Boxers off,» kommanderte hun.

«Njet,» svarte han. Massage,»

Hun ble stille.

«I have been with many men in many places, but none have told me not to have sex with them. »

«I'm not like any other man you've met. Trust me.»

Femten minutter tidligere hadde han gått i dusjen. *Din gamle idiot, Hammer. Du er trettisju år, hva faen er det du driver med?!*

Et øyeblikk vurderte han å sende henne en SMS for å avlyse, men hans selvpålagte sølibat var i ferd med å opphøre etter ett års virkning. Men Marte hjemsøkte fortsatt drømmene hans både på dag- og nattestid.

Hun hadde ikke villet at jeg sku bli en forbryter.

I samme øyeblikk som de lange, sterke fingrene til Lola Bunny boret seg ned i den øvre delen av ryggen hans forsøkte han å se for seg at hun var Marte. Samtidig forbannet han alle timene alene hjemme med ulike flasker og Barry White som eneste selskap.

«Why Lola Bunny?»

«Shh!»

Han utstøtte et dypt og inderlig stønn. *Ikke flere dumme forsøk på samtaler*. Han hadde lengtet etter dette.

Død advokat funnet på Værnes
Av Kurt Hammer og Frank Hansen

Tidlig om morgenen den 27. januar ble et lik oppdaget på flyplassen av en vaskedame. Den avdødes identitet har blitt bekreftet av politiet.
Advokat Christian Blekstad, trettisju år, hadde nettopp ankommet fra Moskva på et oppdrag for firmaet han var

partner i, Adnor Advokater. Politiets etterforskere jobber foreløpig med en teori om at han ble druknet.
- Det var helt forferdelig! Hvem er det som kan få seg til å gjøre noe slikt, spør vaskedame Agnieszka Pavlova retorisk.

Konfidensielt

Partner og advokat i Adnor Advokater, Tore Hallan, bekrefter at den avdøde hadde vært i Moskva, men vil ikke si hva saken dreide seg om.
- Nei, det er konfidensielt. Jeg kan si så mye som at jeg ville blitt svært overrasket hvis det hadde noenting å gjøre med et eventuelt drapsmotiv.
Hallan sier til Aftenbladet at alle ansatte ved Adnor Advokater er i sjokk etter nyheten, og at deres tanker først og fremst går til hans familie. Firmaet har allerede kontaktet sine klienter for å avtale en fridag i løpet av uken.
Aftenbladet har vært i kontakt med Blekstads enke, som har sagt til sin bistandsadvokat at hun helst vil få være i fred med barna sine i denne vanskelige perioden. Hun er glad for all støtte og varme tanker.

KAPITTEL FEM

TJUENIENDE JANUAR, 2012 - MORGEN

OLYA STO FORAN ET TRE-ETASJES OPPUSSINGSOBJEKT PÅ BYÅSEN. Over veien var et stopp på Gråkallbanen, verdens nordligste trikkelinje. Hun kunne ikke kvitte seg med tanken på hvor ironisk det var at hun måtte dra helt til Norge for å oppdage den. Regnet plasket ned, men håret hennes var krøllete som alltid, selv om hun var våt til benet idet hun sto utenfor bygningen som var dekket i flassende brun maling. Hun hadde på seg en beige frakk og høyhælede røde sko med paljetter. Plenen utenfor så ut som om den nettopp var blitt klippet, den var omringet av en veltrimmet hekk og sto i sterk kontrast til det gamle huset.

Hun ringte på ringeklokken foran en hvit dør ved siden av en liten lapp merket *Jansrud*. Døren ble åpnet av en høyreist, kjekk mann med atletisk fysikk.

Han så på henne med sine smale blå øyne.

«Lola Bunny?»

Hun nikket.

«Petter. Kom inn.»

Hun gikk inn og hang av seg yttertøyet i en smal gang dekket med tre-panel. Rett frem ledet den til et kjøkken med utsikt over hagen. Til høyre gikk en trapp opp til de øvre etasjene.

Kurt Hammer våknet brått, på toalettet utenfor Trondheim Torg, av noe som føltes som en regnskur. Han gned seg i øynene og innså at vaskemekanismen hadde skylden. Han åpnet døren til lyden av regndråper, med kun en flaske Stolichnaya stående igjen.

«Faen Hammer, når skal du lære deg at drikking fører til hodepine,» sa han til seg selv idet han entret McDonalds-restauranten ved siden av toalettet med bruddstykker av den forrige kvelden og natten på netthinnen. Han kikket på sitt Omega-armbåndsur, et Planet Ocean 600m, som han hadde fått av Marte da de forlovet seg, og konstaterte at klokken hadde rukket å bli ti. Av gammel vane bestilte han seg en dobbel cheeseburger før han satte seg for å vente på en taxi.

Fem timer senere våknet han hjemme i Volveveien av at mobilen ringte på nattbordet.

«Hammer, speaking.»

Det var Hansen. «Hammer, vi er blitt bedt om å lage et portrett av Petter Jansrud, han skulle møte oss hjemme hos seg om en time.»

Hammer slapp ut et langt stønn.

«Tenkte meg at du kanskje hadde glemt det, ja.»

«Slapp a', jeg har allerede skrevet alle spørsmåla.»

«Så bra! Skal jeg hente deg?»

«Nei, jeg møter deg der!»

Han la på, konstaterte at den forbannede hodepinen var i ferd med å slippe taket, og halte seg ut av sengen. Ute på badet så han seg i speilet, og på tross av at kvelden i forveien fremstod som noe av et mysterium, så han ikke så verst ut. Skjeggstubbene var to dager gamle, de kunne vente en dag til. Det lange håret som rakk ham til skuldrene var fettete, men han hadde ikke tid til en dusj nå. De smale, blå øynene hans så vassne ut, men det kunne fikses.

I yttergangen slang han på seg den brune skinnjakken sin over den kanarigule dressen. Han plukket opp et par Rayban Aviators fra innerlommen og tok på seg bøttehjelmen med hvit hodeskallelogo. Utenfor satte han seg på sin Harley Davidson EL Knucklehead, innkjøpt med livsforsikringspengene etter Marte, og forlot Volveveien 11 A med et brøl.

Omtrent tjue minutter senere kjørte han forbi Ilaparken, som lå øde i regnet, med sin musikkpaviljong og sin lekeplass. Dagen før Marte døde hadde de sittet på benkene og sett på barna som klatret på stativene og husket på huskene.

«Om noen år kan vi ta henne med hit,» sa hun med et smil.

«Kanskje vi burde flytte til Ila,» sa han med et smil.

Hun la hodet inntil skulderen hans, som en stilltiende bekreftelse.

Fem minutter senere rullet han opp ved siden av et brunt hus med tre etasjer på Byåsen, og parkerte sykkelen i den gruslagte innkjørselen som gikk slakt oppover.

Idet han gikk av kom Gråkallbanen i retning Ila; skinnene lå knapt femti meter fra huset. Hammer innså at han var litt tidlig ute, men tenkte at det ikke kunne skade å ringe på.

Han ringte på én gang. Ingen svar.

En gang til. Fortsatt ingen svar.

Han kjente på dørklinken. Døren var åpen.

Petter ville ikke hatt meg stående i regnet. Han gikk inn i en smal gang dekket med trepanel som ledet inn til et kjøkken med utsikt over hagen.

«Hallo?»

Ingen svar. Akkurat da kunne han høre at en bil kjørte inn i oppkjørselen. Han bestemte seg for å ignorere den. Han tok av seg skoene og gikk opp den hvitmalte trappen til høyre i gangen. Den første etasjen han kom til luktet av maling og white spirit. To dører stod åpne til rom fylt med malingsspann, tapetruller og flatpakker fra IKEA.

«Kurt?» Hansens stemme gaulet på ham fra første etasje.

«Er her oppe,» svarte Hammer, kort, idet han fortsatte opp trappen.

Øverste etasje utgjorde en stor stue med vinduer som sørget for utsikt over hele Trondheim. Foran trappegelenderet var det plassert en vinrød sofa i skinn foran en førtiåtte-tommer TV.

«Hansen, jeg trur du bør komme opp.»

I den andre enden av rommet var den muskuløse kroppen til skiløperen Petter Jansrud spent fast i lærreimer forbundet med tau festet i de to sideveggene. Klærne lå i en haug på det trepanerte gulvet, og hans erigerte lem var kuttet av og plassert i hans åpne kjeft.

«Hva er det,» hørte han Hansen utbryte bak seg.

Kurt Hammer tente seg en Prince Rounded Taste og blåste en lang strime av røyk ut i rommet.

«Hansen, jeg tror vi har å gjøre med et mord.»

KAPITTEL SEKS

TJUENIENDE JANUAR, 2012 - DAG

«Skal jeg ringe—»

«Ikke tenk på det en gang,» sa Hammer. «Ta bilder først.»

Hansen sirklet rundt kroppen fra alle vinkler mens blitzlampen gikk som en mitraljøse.

«Jeg vet ikke hvor mange av disse vi kan bruke.» Han sukket. «Den stakkars mannen er jo maltraktert.»

Han dro opp mobilen fra jakkelommen idet Kurt Hammer fyrte opp en ny sigarett. Et knapt kvarter senere, ble profilen til de to mennene som satt i den vinrøde sofagruppen og kikket ut på Trondheim by opplyst av sjatteringer i rødt og blått. Kriminalinspektør Roy Dundre var først opp trappen. Ansiktet hans var lyseblått og pløsete av opphisselse. Idet han snudde seg og fikk øye på liket kollapset han til knærne i noen sekunder.

Samtidig som en hær av teknikere i hvite frakker kom opp trappen snudde han seg mot Hammer og Hansen og bjeffet. «Dere to, på stasjonen med meg. Nå!»

«Ro deg ned,» svarte Hammer, rolig. «Vi kjenner rutinene. Kan vi få kjøre ned selv, eller får du noen til å hente bilen og sykkelen?»

«Jeg skal få noen til å hente dem, bare sett dere i bilen så lenge!»

Kurt nikket megetsigende og signaliserte til Frank at han skulle følge ham ned til politibilene utenfor.

INNE I EN AV POLITIBILENE, kikkende på regnet som så ut til å vaske bort alt utenfor, gjorde Kurt Hammer seg opp noen tanker om hva han skulle si i avhør. Avhengig av hvor lenge Jansrud hadde vært død ville det se tilfeldig eller mildt sagt mistenkelig ut at de to hadde dukket opp og funnet intervjuobjektet sitt hengt opp med sin egen penis i kjeften. *Hvorfor i helvete tok jeg ikke opp intervjuavtalen?* Han forbannet sin egen evne til å være på feil sted til feil tid.

Før han hadde rukket å komme frem til noen fornuftig forklaring annet enn den åpenbare, svingte politibilen inn ved siden av den bombastiske politibygningen utført i grønt metall og grå betong. Kurt kikket lengselsfullt ut av vinduet på Trondheim sentralstasjon og ønsket at han kunne satt seg på et tog med en kasse pils.

Noen minutter senere hadde de blitt geleidet gjennom nettverket av ganger og kontorer på Trondheim politistasjon opp til avhørsrom to. Han hadde vært her et par ganger før alt gikk galt. Han husket tegningene av gamle trehus på veggene, de store gardinkledde speilene bak det runde avhørsbordet, og det myke teppet. Han husket til og med at dette var det største rommet, men likevel tilsynelatende ikke beregnet på mer enn én person. Derfor trakk han med seg en stol fra det avlange bordet i hjørnet og lot Hansen få sette seg på stolen som alt stod ved avhørsbordet.

Roy Dundre kikket på klokken i det ene hjørnet som skiftet på å vise tid og dato. Han satte seg, og trykket på pedalen under bordet for å starte opptak.

«Klokka er 11:58, dato er 29 januar. Kriminalinspektør Roy Dundre har journalist Kurt Hammer og fotograf Frank Hansen til avhør i forbindelse med mord på Petter Jansrud. Avdøde ble funnet av Hammer i sitt hus på Byåsen, hvorpå Hansen raskt dukket opp.» Deretter blåste han seg opp før han fortsatte. «Noen spesiell grunn til at dere to befant dere på stedet hvor en av Norges største idrettsstjerner ble maltraktert?» Han lente seg over bordet og stirret fra Hansen til Hammer.

«Intervjuavtale. Enkelt og greit. Jeg ringte på, men fikk ingen svar og fant ut at døra var åpen.»

«Og du?»

«Jeg dukket opp noen minutter senere og så at døra var åpen. Kurt hadde allerede gått inn.»

«Har dere alibi?» spurte han Hansen.

«Snakk med Felicia i underholdningsredaksjonen. Hun kan bekrefte at jeg var på vakt. Jeg lå hjemme og sov,» sa Hammer. «Ble nok sett på Cafe Dublin i går, og McDonalds i dag morgen. Hvis du tror jeg hadde noen grunn til å myrd'n, kan du arrestere meg.»

Døren til avhørsrommet ble åpnet, og en ung politibetjent steg inn.

«Dundre, det er en telefon til deg.»

«Ser du ikke at jeg er opptatt?» glefset han.

Betjenten kom bort og hvisket noe i Dundres øre før han forsvant.

Dundre kremtet. «Unnskyld meg et øyeblikk,» sa han og gikk ut døren.

Hansen stirret uforstående bort på sin kollega. «Hva var det?»

«Ingen anelse.»

Litt senere kom Roy Dundre inn igjen, med øynene festet i gulvet. Da han løftet hodet kunne begge se at han var likblek i ansiktet.

«Du ... du la ikke merke til noe uvanlig med sykkelen når du kjørte,» sa han til Hammer.

«Nei?»

«Sykkelen eksploderte rett ved Trondheim Torg. Heldigvis ble ikke bilen skada, men vi mista en kollega som nettopp var ferdig med utdannelsen. Han hadde nettopp forlova seg.»

Alle tre var stille i noen sekunder, før Edith Piaf brøt stillheten fra Frank Hansen mobil. Han tok den ut av jakkelommen og stirret tomt på den i et par sekunder før han reiste seg.

«Unnskyld, kan jeg ta den? Det er fra desken.»

Dundre nikket. Frank la mobilen inntil øret og begynte å sirkle rundt i rommet fordi han var usikker på om det ville være akseptabelt å gå ut.

«Hei. Ja, det var hos oss. Han var død. Vi er på stasjonen nå. Ja, gjør det! Ha det.»

Hansen snudde seg mot Dundre. «Kan vi gå?»

Dundre stirret litt forfjamset på ham. «Ja, selvsagt, men ... eh, tror du at du trenger beskyttelse, Kurt?»

«Jeg klare meg, sjø. Men takk for tilbudet.»

«Ja vel, men jeg kommer til å sende med en bil til redaksjonen i det minste, for sikkerhets skyld.»

I Aftenbladets nybyggede redaksjon på Solsiden hadde redaktør Harry Karlsen allerede plassert seg på et møterom sammen med fungerende vaktsjef Felicia. Hennes isende blå øyne og knallrøde lepper på en perfekt formet femti fem kilos-kropp kontrasterte Karlsens glattbarberte hode på en 197cm og hundre og femti kilo tung kropp kledd i en skreddersydd grå dress.

«Så?» sa Hammer.

Han, Hansen og Karlsen satt rundt glassbordet mens Felicia tok ned vindusblenderne for å stenge ute lyden av regn mot de store vindusflatene som utgjorde den ene langveggen. Hun satte seg ved siden av ham og viftet med hånden for å fjerne røyken fra Karlsens Cubaner.

«Så dere skulle altså portrettere en av Norges største idrettsmenn,» sa Karlsen, «og endte opp på et avhørsrom i Gryta?»

«Han var allerede dau som en sild da jeg dukka opp,» kom det kontant fra Hammer.

«Og du, Hansen. Jeg regner med du tok bilder?»

«Selvfølgelig! Men hvis du har tenkt deg en forsidesak tror jeg neppe de kan brukes. Fyren var ... vel, la meg bare si at politiets teknikere får mye arbeid fremover.»

«Selvfølgelig har jeg tenkt meg en forsidesak,» bjeffet Harry. «Kurt, gå og snakk med nettsjefen med en gang – hun holder på med en sak som skal bli bretta ut i avisen i morgen! Felicia, få sporten til å skrive en kommentar og nekrolog med masse bilder.» Han pekte med sigaren på Frank. «Og du konsentrerer deg om å finne bilder til saken.»

Alle nikket og gikk hver sin vei. Kurt likte egentlig ikke nettsjefen. Hun jobbet i et felt hvor nyhetssaker bare var så gode som klikkene de genererte.

Det mest åpenbare trekket ved Hanne Estenstads kontor foruten store vinduer med utsikt mot Nidelven var store flatskjerm-TV-er langs den ene kortveggen. Disse ga hele tiden en løpende oppdatering av innholdet på Aftenbladet.no. Kurt Hammer la ikke merke til dem da han kom inn, selv om han visste at de var der.

Han plantet seg nonchalant ned i den svarte designer-stolen på andre siden av en enorm arbeidsbenk og forsøkte å se henne som en stor Jack Daniels-flaske for sitt indre øye.

«Du skulle gjøre et portrett, skulle du ikke?» spurte Hanne.

Hammer smilte. «Du kan si jeg ikke var helt forberedt, nei.»

«Hva da, opplevde du aldri noe lignende i Kripos?»

«Vent til du ser bildene, Hanne. Dem må nok sladdes, ellers får du få grafisk til å komme opp med en illustrasjon.»

Lyden av regnet mot vindusrutene kappet med lyden av Hannes fingre mot tastaturet foran henne om å gjøre ham gal fortest mulig.

«Javel,» sa hun. «Har du blitt sjekka ut av saken? Hva spurte dem deg om på politihuset?»

«Ikke offisielt, nei. Men vi fikk gå når det ble klart at sykkelen min eksploderte ved Trondheim Torg med en politimann oppå! Jeg tror dem skjønte at det ikke kunne ha vært meg som stod bak begge delene.»

Illusjonen om Jack Daniels-flasken ble brutt idet det litt lubne ansiktet hennes med lyse krøller ble nesten like hvitt som tennene inne i hennes røde lepper.

«Herrejemini. Var det deg! Beklager, Kurt, jeg hadde ingen anelse.»

Stillhet.

«Det hadde ikke jeg heller. Jeg tror Dundre, kriminalinspektøren, må ha forstått hvor sjokka jeg ble. Han tilbydde meg faktisk beskyttelse, men jeg sa jeg ikke trengte det.»

Hun måpte. «Vil det si at noen er ute etter deg? Tror du det kan ha en sammenheng med drapene?»

«Jeg aner ikke, Hanne. Men så langt ... akkurat nå er jeg bare glad for å være i live.»

Langrennsløper funnet død
Av Kurt Hammer

Aftenbladet kan bekrefte at langrennsløper Petter Jansrud er funnet død i sitt hus på Byåsen. Det var Aftenbladets journalist Kurt Hammer som oppdaget den avdøde i det som skulle ha vært et portrett til søndagsutgaven.

\- Som tidligere Kripos-ansatt og journalist har jeg vært borte i mye, men dette var sjokkerende selv for meg, uttalte Hammer til Aftenbladet.

Jansrud ble funnet fastspent fra veggene i den øverste etasjen i huset. Politiet har foreløpig ingen mistenkte eller motiv i saken.

Helt uvirkelig

\- Dette er helt uvirkelig, sa landslagssjef Åge Skinstad til Aftenbladet på telefon fra Seiser Alm. Petter skulle ha kommet hit om et par dager for å fullføre oppladningen til årets Tour de Ski.

Han understreker at dette ikke vil påvirke årets sesong.

- Nå vil vi arrangere minnestund her nede og ta et par dager fri for å la alle sammen komme seg etter sjokket før vi fortsetter oppkjøringen som normalt.

Skinstad har ingen teori om hvem som kan stå bak det forferdelige mordet.

- Nei. Petter var en utrolig positiv og jovial person som var godt likt av alle rundt seg. Jeg håper virkelig at den ansvarlige blir funnet så fort som mulig.

Trener og far Ole-Petter Jansrud uttalte til Aftenbladet at hele familien er i sjokk, og ber om forståelse i den vanskelige tiden fremover.

- Vi skal samles hjemme på gården på Inderøy og minnes Petter. Det vi trenger nå er tid og ro til å komme oss og støtte hverandre.

Jansrud sa også at lillebror Hans allerede har bestemt seg for å stå over årets sesong og er på vei hjem fra Seiser Alm.

KAPITTEL SJU

TRETTIENDE JANUAR, 2012 - MORGEN

KURT HAMMER VÅKNET PÅ SOFAEN I VOLVEVEIEN 11 AV AT NOEN RINGTE PÅ YTTERDØREN. Hodet hans føltes som om det skulle eksplodere. Idet han åpnet øynene oppdaget han til sin forskrekkelse en tom flaske Jack Daniels på stuebordet.

Et nytt ringesignal lød fra yttergangen.

Hva faen var det jeg holdt på med i går kveld? Han reiste seg og sjanglet ut i yttergangen.

Da han åpnet døren falt øynene hans på en formfull kvinneskikkelse med skulderlangt, ravnsvart hår, store mørke øyne, og mørkerøde lepper.

«Hei.» Hun smilte.

«Hei. Veit du hva klokka er?»

«Ti over elleve,» svarte hun, forfjamset etter å ha kikket på sølvuret på armen sin.

«Shit. Jeg skulle ha vært på jobb for to timer siden! Har du bil?»

Hun nikket, og han la merke til en sølvgrå Passat i oppkjørselen. Idet han slang på seg ytterjakken i gangen kom han på at mobilen hans lå i lommen. Han tok den opp og oppdaget fem tapte anrop fra redaktør Karlsen.

«Ja, hallo. Kurt her. Beklager. Forsov meg.»

«Jeg skjønte det. Hadde du vært ny hadde jeg sagt deg opp på stedet. Men omstendighetene gårsdagen tatt i betraktning ...»

«Beklager!»

«Hør, jeg trenger at du finner ut av hvor politiet står. Snakk med han Dundre, kriminalinspektøren.»

«Anse det som gjort, jeg ringer deg så fort jeg veit noe mer.»

Han la på og satte seg ved siden av kvinnen i bilen. «Takk for at du gjør dette, du kan slippe meg av nede i sentrum. Unnskyld, men har vi truffet hverandre før?»

Hun stirret forfjamset på ham. «Lise! Vi traff hverandre natt til i går, husker du?»

«Åja! Unnskyld, jeg hadde en dårlig dag på jobb i går.»

«Du husker virkelig ikke, gjør du?» Hun smilte.

«Joda, jeg inviterte deg på et glass vin, gjorde jeg ikke?» prøvde han seg.

«Stemmer!»

«Passer det for deg klokka åtte i kveld?»

«Hm. Da har jeg egentlig skift, men jeg kan bytte.»

«Fint. Da har vi en avtale!» Han grøsset ved tanken.

Den siste kvinnen han hadde hatt hjemme på vin var Marte. Hele sjelen hans lengtet etter henne nå. Lukten av det gylne håret hennes. Øynene som kunne se rett gjennom ham som om han var glass. Livskraften som kom til uttrykk gjennom hennes rå og ubarmhjertige humor. Resten av bilturen ble forsert i stillhet.

Femten minutter senere satt kriminalinspektør Dundre og Kurt Hammer innerst i et hjørne i den nyåpnede Starbucks-kaféen i Kongens gate. På anlegget spilte Tord Gustavsen Trio en melankolsk versjon av «Graceful Touch», og lukten av nytraktet latte hang i luften.

«Hør, jeg veit at du ikke stole på meg etter Trolla Brug—»

«Det har du dæven døtte meg rett i at jeg ikke gjør!»

«Vel, jeg tenkt meg en byttehandel,» sa Hammer. «Hvis du forteller meg hvor dere står, skal jeg fortelle deg hva jeg har så langt.»

«Ok. Du først.» Dundre lente seg over det runde trebordet og myste.

«Jeg sjekka passasjerlista. Jeg tror de to sakene er forbundet, og at morderen befant seg på flyet.»

«Hvorfor?»

«Fordi han ble myrda på flyplassen. Hvorfor skulle noen ha dratt heilt ut dit for å gjøre det?»

«Tja, det kan jo tenkes at noen gjorde det nettopp for å få deg til å trekke den konklusjonen.»

«Men da må de ha hatt et usedvanlig sterkt motiv.»

«Det har du for så vidt rett i.»

«Og så tror jeg det var en mann, fordi det ble gjort på herretoalettet.»

«Vel, det ... hvorfor tror du sakene er forbundet?»

«Kom igjen, Dundre! To mord i Trondheim på under ei uke? Greit nok at det første mordet teknisk sett skjedd i Stjørdal, men det gjør det ikke noe mindre spesielt.»

Dundre smilte sleskt. «Vel, jeg må si det er interessante teorier du har, Hammer.»

«Og dine ... hvor står dere?»

Dundre reiste seg og slang på seg sin grå ytterfrakk. «Du får vite det hvis du dukke opp på pressekonferansen i Gryta kl. 18.»

«Har jeg noen gang fortalt deg at du er en drittsekk?»

Dundre smilte igjen. «Har alltid visst at du syntes det. Snakkes i kveld!»

Hammer tok opp mobilen og ringte tilbake til redaktør Karlsen.

«Ja, hei, det er meg igjen. Den jævelen ville ikke gi meg en skit. Han sa de skulle ha pressekonf i Gryta kl. 18. Skal jeg høre med Hansen?»

«Ja, gjør det! Vi sender et kamerateam dit også, men vi trenger dekning til avisa.»

KLOKKEN SEKS OM KVELDEN SYDET PUBLIKUMSMOTTAKET PÅ POLITISTASJONEN I TRONDHEIM AV LIV. Frank Hansen og Kurt Hammer hadde møtt i god tid, og satt fremst foran journalister fra NRK, TV2, Byavisa, Aftenposten, Klassekampen og VG.

Idet inspekør Roy Dundre satte seg, etterfulgt av Hanne Lundmo, politimesteren i Trondheim, og Arne Koppang, politimesteren i Stjørdal, gikk det av et blitzregn som like gjerne kunne vært lyn fra den regnvåte himmelen utenfor.

«Som dere vet,» Lundmo børstet vekk en blond lokke fra pannen, «Har det den siste tiden skjedd to mord i rask rekkefølge i Trondheim og Stjørdal. Vi jobber for øyeblikket ut fra en teori om at de to sakan er forbundet. Derfor samarbeider vi nå med politiet i Stjørdal om å få løst sakan så fort som mulig. Kriminalinspektør Roy Dundre vil nå si litt om mordet som ble oppdaget i går av to av journalistene som er til stede.»

«Takk, Hanne. Som de fleste av dere sikkert har fått med dere, ble det i går funnet et lik i huset til skiløper Petter Jansrud på Byåsen. Liket ble raskt identifisert som husets eier. De to journalistene er foreløpig sjekket ut av saken. For øyeblikket er vi på jakt etter en mann mellom tretti og førti år som kan ha vært på herre-toalettet med herr Blekstad idet han ble drept. Vi avventer fortsatt nøyaktig tidspunkt fra teknisk. Foreløpig vet vi ikke hvor gjerningsmannen befinner seg, men vi arbeider med en teori om at han kan ha befunnet seg på herr Blekstads fly fra Moskva. Videre kan vi bekrefte at det i går ca. klokka halv ett gikk av en bombe i nærheten av Trondheim Torg. Bomben var montert på motorsykkelen til journalist Kurt Hammer, og gikk av idet sykkelen var på vei hit. Én politimann omkom, og ingen ble skadd.»

Kurt Hammer vred seg i setet sitt og hvisket til Frank Hansen. «Dem jævlene stjal teoriene mine!»

Frank fnøs. «Hele denne pressekonferansen er en fadese. Så langt har de ingenting.»

Roy Dundre fortsatte ufortrødent videre.

«Det som skjedde er fortsatt et mysterium. Av hensyn til de etterlatte har vi valgt å ikke gå ut med personalia på nåværende tidspunkt. Derfor tror jeg at jeg overlater ordet til Arne Koppang, politisjef i Stjørdal.

«Takk for det, Roy.»

Koppang så opp fra papirene han hadde hatt liggende, og så nervøs ut, som om han under hele konferansen hadde øvet seg på hva han skulle si. Kurt syntes han lignet på en litt yngre utgave av fagforeningsleder Arne Johannesen, med mørkt skjegg og politicaps.

«Som Roy påpekt ser vi for øyeblikket etter en mann mellom tretti og førti år, og vil i tiden fremover ha ekstra beredskap på Værnes for å se etter mistenkelige personer eller aktivitet. Da, hvis ikke Hanne har noe mer tror jeg vi åpne for spørsmål?»

Hun nikket. Flere armer ble umiddelbart heist i været, og Hanne Lundmo pekte på en lang mann med kort, blondt hår som lignet litt på Eminem.

«Hei.»

Han reiste seg. «Jo Skårderud her, fra Klassekampen. Roy, jeg lurte på om du kunne sagt noe om dere tror at bomben og drapene er forbundet på noen måte?»

«Foreløpig har vi ikke noe informasjon som tyder på at så er tilfelle, nei. Og for ordens skyld er journalist Hammer foreløpig sjekket ut av den saken også.»

Den neste Lundmo pekte på var Kurt Hammer.

«Hammer her, Aftenbladet. Kan dere forklare hvorfor dere arrangerer pressekonferanse når dere ikke har relevante saksopplysninger å komme med?»

Roy Dundre ble sprutrød, og mellom blitzlampene som gikk av kunne man høre noen knis.

«Som tidligere politi,» sa Roy med en isnende tone i stemmen, «burde du av alle skjønne hvor vanskelig slike saker kan vær uten et eneste skikkelig bevis!»

«Han forsnakket seg,» sa Hansen i bilen på vei til Volveveien på Nardo.

«Det tror jeg du kan ha rett i,» sa Hammer. «Dem kommer nok til å finne fingeravtrykk og DNA-bevis. Men det hjelp ikke noe om dem ikke har noen å knytte dem til.»

«Ja ja, vi har i hvert fall en forsidesak. Regner med du får skrevet den i løpet av kvelden?»

«Jeg venter besøk, men hun blir ikke lenge, tror jeg.»

«Å?»

«Kom ei Lise på døra i dag morgen, jeg hadde visst invitert hu på et glass vin.»

«Så bra! Det tror jeg du kan trenge.»

«Pass kjeften din!» Hammer slengte døren igjen etter seg i det silende regnet.

KAPITTEL ÅTTE

TRETTIENDE JANUAR 2012 - KVELD

«Beklager,» var de første ordene ut av Frank Hansens munn idet han kom over dørstokken i leiligheten i Eirik Jarlsgate.

«Jeg er ikke sint på deg, bare veldig skuffa. Jeg slutta å være sint for ei uke siden,» kom det fra badet.

Frank slengte av seg jakken sin i yttergangen. «Ja men kjære deg, da ...»

Han gikk med forsonende ganglag inn i den kombinerte stue- og kjøkkenløsningen og videre ut på badet med svarte og hvite fliser.

Alexandra lå i det keramiske badekaret med bobler helt opp til haken. Det blonde håret hennes, farget mørkt av vannet i badekaret, fløy i alle retninger idet hun satte øynene i ham.

«Hva var det denne gangen?»

«Pressekonf. Jeg sa jo det før jeg dro!»

«Sa dem noe interessant?»

«For å være ærlig kunne de like gjerne spart seg. De hadde ingenting å komme med. Kurt satte heldigvis Roy Dundre, kriminalinspektøren, på plass.»

«Kurt, Kurt, Kurt! Syns det er det eneste jeg hør om for tida!»

Frank smilte. Vi har jobbet mye sammen nylig. Jeg håper politiet finner ut av hvem som står bak disse mordene snart, slik at ting roer seg.

«Du må pass deg for han. Jeg kjenner typen. Hvordan vet du at det ikke var han som drept Jansrud? For det var vel ikke deg?»

Frank satte seg på krakken ved siden av badekaret. «Hvordan kan du si noe slikt, kjære?»

«Du var i avhør! jeg skal ha barn, jeg har ikke ork til å bli alenemor!»

«Du skal ikke måtte være alenemor. Det lover jeg deg.» Han bøyde seg ned og kysset henne på pannen.

Kurt Hammer så gjennom barskapet i stuen i Volveveien 1 1A. Han rynket brynene – det var nesten tomt, men heldigvis ikke uten en flaske Chianti Classico. Han tok den ut, plasserte den på stuebordet og gikk på kjøkkenet for å kaste den tomme Jack Daniels-flasken fra kvelden før.

Da det ringte på døren var han allerede ferdig med sitt første glass.

«Hei!» Lise hadde tatt på seg en liten, svart kjole med stor utringning. I hånden holdt hun en bunke med dvergforglemmegei.

«Hei! Å, så hyggelig, du hadde virkelig ikke trengt å ta med noen ting.»

Hun smilte blygt. «Jeg dyrker dem selv. Ikke tenk på det. Tenkte kanskje de kunne muntre opp leiligheten litt, siden du klagde over at den var blitt så ensom etter at Marte døde.»

Hammer lot henne få komme inn og hjalp henne av med sin lille svarte lærjakke.

«Hm, ja, jeg gjorde vel det ...»

Han tok blomstene, viste henne vei inn i stuen og satte dem i glassvasen formet som en forglemmegei han hadde gitt henne i forlovelsespresang. Minnene om deres første date flommet tilbake.

Han hadde kommet inn på Tulla Fischer i sentrum med en bukett røde roser som han hadde klart å plukke opp rett før stengetid.

«Åh, takk, de er nydelige,» utbrøt hun.

Idet han satte seg ved bordet hadde hun hvisket ham i øret, «Forglemmegei er favoritten min. Husk det!»

Deretter hadde lo hun sin karakteristiske trillende latter og så ømt på ham med sine blå mandel-øyne.

«Noe i veien,» spurte Lise fra et sted langt borte.

Han snudde seg og kikket rart på henne. «Nei da, ingenting galt. Jeg bare ble så fascinert av dem fine blomstene!»

«Jeg tror du trengte dem.» Hun pekte på det plastikk-dekkede vinduet bak seg.

«Å ja, det ... skjedde for lenge siden. For å være ærlig har jeg ikke hatt tid til å fikse det.»

De mørke øynene hennes glimtet i lyset fra stearinlyset som brant på stuebordet.

«Jeg burde antagelig ikke spørre, men du fortalte aldri hva som skjedde med Marte.»

Kurt dro opp en sigarett fra innerlommen på sin kanarigule dress, løftet den til munnen, og dro frem en gammel Zippo-lighter fra venstre lomme. Med en langsom, tilsynelatende utstudert bevegelse løftet han den opp til sigaretten, flippet opp lokket, tente på, og tok et magadrag. Deretter gikk han bort til den vinrøde Chesterfield-stolen på andre den andre siden av stuebordet, satte seg, helte Chianti Classico i vinglasset hennes og tok en stor slurk av sitt eget.

«Jeg hadde vært på Trolla Brug. Dem hadde kjøpt heroin av russerne, og jeg hadde nok bevis til å putt dem bak lås og slå. Da jeg kom hjem var vinduet knust, og hun var allerede død i senga si sammen med ungen. Heldigvis var det nok heroin til å få dem dømt for ti år hver.»

«Dem?»

«Hells Angels. Dem tok fra meg alt.»

Hun reiste seg, gikk rundt bordet og så ham inn i øynene.

«Feil – du har meg.» Hun og kysset ham dypt og inderlig.

To glass senere lå de tett omslynget på soverommet. Idet hun rev av ham genseren gikk et støt gjennom ham.

«Faen, Lise, jeg har en sak å skrive!»

Politiet står uten spor
Av Kurt Hammer

I pressekonferansen på politihuset i Trondheim i går kveld kom det frem at politiet jakter på en mann mellom tretti og førti år. Men bortsett fra det står de uten spor i denne ukens drapssaker på Værnes og i Trondheim.

Mannen antas å stå bak drapene på advokat Christian Blekstad og langrennsløper Petter Jansrud. Politiet avventer fortsatt nøyaktig drapstidspunkt for de to ofrene.

Samtidig kom det frem at politiet anser bomben som gikk av på Aftenbladet-journalist Kurt Hammers motorsykkel, i nærheten av Trondheim Torg i går, som "et mysterium". Hendelsen førte til at en politimann ble drept og skal ikke være knyttet til de to drapene (se s. 20-25).

Politiet i Trondheim og Stjørdal har innledet samarbeid for å løse de to sakene fortest mulig, bekrefter kriminalinspektør Roy Dundre ved politiet i Trondheim. I tiden fremover vil Værnes flyplass være under overvåkning av politiet i Stjørdal, som vil være på utkikk etter mistenkelige personer og aktiviteter.

Erik Larsen

Det første minnet Erik Larsen hadde om motorsykler var farens Harley Davidson FXSTBI Night Train med krommede kamaksler.

Nesten hver eneste kveld etter jobb ble brukt til å skru og gnikke på den.

«En dag blir den din», sa han, stolt, idet han slapp Erik av ved skolen.

Erik smilte idet han gikk av og konstaterte at mange elever stod i en klynge og så på det brølende monsteret.

Da han kom hjem fra åttende klasse den ettermiddagen kom ikke faren hjem fra jobb. Vanligvis pleide han komme hjem før moren. Denne dagen spiste de middag alene.

«Hvor er far?»

Morens grønne øyne lyste med usikkerhet mot ham.

«Jeg ringte jobb, men han tok ikke telefonen. Han er sikkert på vei hjem!»

Da Erik var ferdig med leksene i andre etasje hadde han fortsatt til gode å kjenne lukten av tobakksrøyk fra gangen eller høre lydene av skrujern fra garasjen.

Han lukket bøkene, gikk ned den knirkende trappen, gjennom den vegg-til-vegg-kledde gangen og inn i stuen.

«Hvor er far?»

Moren gikk hvileløst omkring på parkettgulvet kledd i en lyseblå vårkjole.

«Jeg vet ikke, skatt. Jeg har ringt politiet.»

Den kvelden fikk ikke Erik sove. Litt over tolv kom telefonen fra politiet. Sykkelen til faren var funnet ved Akerselva, uten noen spor bortsett fra blodflekker på setet.

Noen dager senere var det hovedsaken i alle avisene. *Mann funnet død på bunnen av Akerselva, antatt drept i gjengoppgjør.* Lite visste han da om at begravelsen til faren også skulle bli begravelsen til moren. Legene sa det var hjertesorg – og at menn kledd i motorsykkeldress og vester med skjeggete ansikter og tatoverte armer skulle møte i begravelsen.

Hvis Erik hadde vært en vanlig ungdom, og mennene som møtte i begravelsen hadde vært vanlige menn, hadde nok barnevernet tatt hånd om ham. Men da barnevernets representant møtte opp ved det lille trehuset med hageflekk og garasje på Grønland fant han det låst og strippet for inventar. Det eneste som ga ham noen indikasjon på at noen hadde bodd der var det stinkende liket av en katt på trappen utenfor. Den rødspraglede pelsen var fri for blodflekker. Det eneste som tilsa at dyret ikke var avgått naturlig var dets grønne øyne som bulte ut av et oppsvulmet ansikt.

FY FAEN FOR EN HORE. Hadde hun virkelig forsøkt å drepe ham fordi hun hadde kalt ham ved sitt rette navn?

Erik Larsen var ikke fremmed for å drepe. Men noe ved den femtifem-kilos tunge skapningen med det mørke krepphåret og de grønne mandel-øynene forhindret ham i å klemme livskiten ut av henne slik han hadde gjort det med det rødspraglede monsteret mange år tidligere. Kanskje fordi hun var nydelig. Ellers var det fordi hun hadde forsøkt å gjøre det med ham. Hun var en likeverdig.

I stedet slo han henne bevisstløs og kledde hennes nakne kropp i dynetrekket. Han kledde på seg, tok dynetrekket i en hånd og slang det over ryggen som om det var en sekk med poteter.

Da han hadde båret henne gjennom gangen, inn i heisen og gjennom hotellresepsjonen slengte han henne ned i sidevognen på sykkelen som stod parkert utenfor.

Deretter kløv han selv opp på sykkelsetet og satte kursen mot en delegasjon av Hells Angels-medlemmer i de nedlagte verftslokalene som utgjorde Trolla Brug.

Et kvarter senere hadde han slengt henne inn på et lukket rom mens de diskuterte situasjonen.

«Hva skal vi med 'a?» spurte Erik.

«Jeg synes vi bør kvitte oss med 'a, så fort som mulig,» sa noen. «Hvorfor tok vi 'a med hit?»

Erik var den spinkleste av dem, med det mest innsunkne ansiktet. Men til gjengjeld hadde han lengst hår og skjegg, og så dro han opp en Walther PPQ fra lommen på vesten og fyrte av et skudd i løse luften.

Stillhet.

«Hun vet noe. Dama er gæren. Hun prøvde å drepe meg fordi jeg kalte henne en hore.

Jeg mistenker at det kan være henne som står bak drapene på advokaten og Jansrud. Hent henne!»

Balder, den største, og den eneste uten hår på hodet, reiste seg og gikk mot utgangen. Den enkle trestolen så ut til å løfte seg idet han stod opp.

«Вы говорите по-английски?» *Snakker du engelsk?*

Den spinkle og forslåtte kroppen som lå på betonggulvet i sirkelen av store, klumpete menn hadde håret i øynene og stirret tilsynelatende i gulvet. Den halvnakne kroppen kledd i en tettsittende, sort krystall-BH og en minimalistisk streng skalv, enten det var av frykt, kulde eller sinne.

«Да, so-so. »

«I know you killed those men,» løy Erik.

«You know nothing,» svarte hun og spyttet mot ham.

På brøkdelen av et sekund hadde han gått ned på kne, tatt tak i halsen hennes og stukket PPQ-en mot tinningen hennes.

«Give me one good reason not to kill you,» hvisket han inn i øret hennes.

«Kurt Hammer,» svarte hun nesten lydløst.

KAPITTEL NI

FØRSTE FEBRUAR 2012

Da vekkerklokken ringte i Volveveien 11A holdt Kurt Hammer på å ramle ut av sengen. Til sin forbauselse oppdaget han at Lise lå naken ved siden av ham.

«Opp nå! Zzz ... hæ?»

«Skal du skrive sak nå igjen?»

«Nei, mye verre. Begravelse i Nidarosdomen.»

«Begravelse?»

«Lang historie. La oss bare si at den siste personen som lånte Harleyen min gikk i lufta, så jeg føler at jeg må vær der.»

«Oi da. Vil du at jeg skal komme?»

«Hvis du kunne kjørt meg hadde det vært fint, men hvis du ikke har noe bedre å gjøre.»

Hun smilte. «Jeg ble nesten dumpa for jobb i går kveld. Hvorfor skulle jeg ha noe bedre å gjøre enn å tilbringe dagen med deg? Men jeg håper du har noe annet enn den gule dressen din?»

Han kikket mistenksomt på henne. «Hm, jeg har faktisk en svart dress, men vet ikke om den passer fortsatt.»

«Gå å ta den på deg. La meg få se.»

Kurt gikk motvillig ut av sengen og bort til PAX-garderobeskapet fra IKEA som dominerte den ene kortveggen på soverommet. Blant alle Martes gamle kjoler hang hans svarte dress som kun hadde blitt brukt i begravelsen hennes. Svart var virkelig ikke hans farge. Etter at han hadde bestilt to kanarigule dresser på internett var de blitt alt han gikk i.

«Åh, Kurt, du ser jo skikkelig kjekk ut,» utbrøt hun. Hun hev seg ut av sengen i bare g-streng og kysset ham.

«Jeg trives nå best i gult, men ...»

Kurt Hammer hadde aldri vært religiøs. Likevel fant han det vanskelig å ikke føle på en ærefrykt idet han gikk opp veien til Nidarosdomen omtrent en halvtime senere. Den gedigne katedralen hadde grønne tak, mektige spir, gotiske vinduer, klebersteinsvegger og to engle-utsmykkede skilt over tredøren som minnet alle besøkende om at *hær Er herrens huus og hær Er himlens Port.*

Idet han skulle til å gå inn gjennom den åpne døren snudde han instinktivt.

Bli her, sa han til Lise uten å snu seg.

Han fortsatte ned veien som var blitt forvandlet til et hav av søle i regnet. Deretter fortsatte han ut på gresset blant gravstøtter av kleberstein og marmor.

Langt borte i et hjørne stoppet han opp, tok ut en rose fra buketten han hadde kjøpt på Nardocenteret, og la den på graven til Marte. Akkurat da kjente han en hånd på skulderen sin.

«Du savner hu, gjør du ikke?»

Stillhet.

«Graven så så stusslig ut sist jeg var her.» Han snudde seg i én bevegelse, med lukkede øyne og ansiktet pekende nedover. «Kom nå. Vi har en begravelse å gå til.»

Inne i Nidarosdomen var de tre første radene med trebenker fullsatte med politifolk som var kommet for å hedre sin avdøde kollega.

Hovedskipet var fullsatt, likevel kunne man ikke høre noe utenom regnet som hamret mot de malte vinduene og den monotone stemmen til domprost Ragnhild Jepsen.

«Per Eliassen var bare ansatt ved politietaten i Trondheim i fjorten måneder, men hadde allerede rukket å bli en høyt skattet kollega for alle dem han kom i kontakt med. Den han rakk å jobbe mest med var Hans Fiskå, som har beskrevet ham som en pålitelig, varm og pliktoppfyllende politimann med en lun humor og skråblikk på hverdagslivet.

Kurt hadde satt seg sammen med Lise på en av de bakerste radene, og fikk øye på en lang kraftkar av en politimann på en av de fremste radene som snufset og bar seg.

Jepsen fortsatte. «På hjemmefronten ventet han barn med sin kjære Stine, som ville jeg skulle si at han var hjertet hennes. Den dagen Per så brått ble tatt, skulle han ha kommet hjem og fått nyheten om at Stine var gravid. I slike situasjoner blir livet meningsløst. Noen av dere tenker nok, *Hvordan kan slike ting skje?* Da liker jeg å tenke på fortellingen om mannen som hadde en drøm. Han drømte at han gikk langs stranden med herren. På himmelen utspant det seg scener fra livet hans. For hver scene oppdaget han to sett med fotspor i sanden—ett for ham selv og ett for herren. Når den siste scenen utspant seg på himmelen så han tilbake på fotsporene i sanden. Han la merke til at mange ganger langs livets sti var det kun ett sett med fotspor. Han la også merke til at det skjedde på de laveste og tristeste punktene i livet hans. Dette brydde ham veldig, så han vendte seg mot herren. 'Herre, du har sagt at når jeg bestemte meg for å følge deg ville du følge meg hele veien. Men jeg har lagt merke til at på de laveste og tristeste dagene finnes bare ett sett med fotspor. Jeg forstår ikke hvorfor du ville forlate meg når jeg trengte deg som mest.' Herren svarte: 'Mitt dyrebare barn, jeg elsker deg og ville aldri forlate deg. På dine dager med smerter og prøvelser bar jeg deg på mine skuldre.' Denne ligningen kan være verdt å minnes ikke bare for Stine, men for alle som kjenner på sorg og savn nå og i tiden som kommer. Det står skrevet i Matteus kapittel fem: *Da Jesus så folkemengden, gikk han opp i fjellet. Der satte han seg, og disiplene samlet seg om ham. Han tok til orde og lærte dem: 'Salige er de som sørger, for de skal trøstes. Salige er de ydmyke, for de skal arve jorden. Salige er de som hungrer og tørster etter rettferd, for de skal mettes. Salige er de barmhjertige, for de skal få barmhjertighet. Salige er de rene av hjertet, for de skal se Gud. Salige er de som skaper fred, for de skal kalles Guds barn. Salige er de som blir forfulgt for rettferds skyld, for himmelriket er deres. Ja, salige er dere når de for min skyld håner og forfølger dere, lyver og snakker ondt om dere på alle vis. Gled og fryd dere, for stor er lønnen dere har i himmelen.* Bergprekenen var Pers favorittpreken i bibelen, og derfor passer den så bra på en dag som denne. Per var en av dem som, særlig i yrkeslivet, men også privat, hungret og tørstet etter rettferd. Derfor kan det kjennes ekstra urettferdig at han så brått ble revet bort. Men han visste i sitt hjerte at han skulle få sin lønn i himmelen. Til slutt skal vi alle møtes igjen i Guds hus, og det må vi ta med oss i sorgen og fortvilelsen. Nå har Pers bror, Harald, bedt om å få si noen ord.»

Jepsen gikk ned fra talerstolen. En tynn, høyreist skikkelse seg langsomt opp fra første rad. Skrittene hans ga gjenklang under de lange buene i taket. Da han snudde seg så Kurt at han hadde en stor, svart mustasje, tykt, svart, vannkjemmet hår, og svarte øyne.

«Per var min bror, men han var også min venn.»

Stemmen var mørk, men pistrete og preget av situasjonen.

«Jeg har ikke bare mistet en av mine beste venner, mine barn har mistet verdens beste onkel. Forrige jul inviterte han oss hjem til seg, selv om han og Stine egentlig ikke hadde plass. Han ville at vi skulle være sammen, og det sier egentlig alt om Per. Han var alltid den tøffe av oss, den som tok utfordringer uten å nøle. Så det å være politimann passet ham. Men han hadde et mykt indre. I de sene nattetimer på julaften fortalte han meg hvordan de var blitt nødt til å kaste unge folk i fyllearresten på jobb. 'Jeg unner dem alt godt,' sa han. 'Skulle bare ønske at de ikke hadde spydd på meg da jeg skulle hente dem i baksetet.»

Forsamlingen brøt ut i reservert latter.

«Likevel insisterte han på å sørge for pledd og en varm termos til alle arresterte når han var på vakt. I dag vil vi ta farvel med en av Trondheims fineste tjenestemenn, og det smerter på mer enn bare et personlig plan. Men som Ragnhild Jepsen så fint sa det, vi skal alle få vår lønn i himmelen.»

En time senere fortsatte regnet å plaske ned idet gravfølget forlot Nidarosdomen og gikk ut på gravlunden. Kurt misunte virkelig ikke familien og kollegene som måtte gravlegge en av sine kjære i et slikt vær. Han hadde glemt paraply, men hadde heldigvis sin fedora.

Lise så ut til å fryse så snart hun var kommet utenfor, og insisterte på å holde hender, noe han motvillig aksepterte. Da følget var kommet til hullet som var gravd opp bare noen meter fra graven til Marte, snek Kurt seg frem for å legge en bukett på kisten. Fargen minte ham på synet av Marte hjemme i Volveveien, og akkurat nå angret han på at han ikke hadde kjøpt hvite blomstre.

Det var da han så det: en skare med hårete motorsyklister på Harley Davidson-motorsykler kom kjørende oppover Munkegaten. Før han var klar over hva som holdt på å utspille seg fløy det kuler overalt. Lyden av hamringen og bankingen fra maskinpistoler blandet seg med lyden av skrik og mennesker som ble truffet.

Ved Rema 1000 i Dronningens gate hadde Lars Guldbrandsen og Johnny Halvorsen parkert for å spise lunsj etter en særdeles kjedelig dag på jobb. Idet Johnny satte tennene i en kanelsnurr kom det over radioen.

«Kaller alle enheter, kaller alle enheter! Svartkledd gjeng med motorsyklister plaffa nettopp ned masse menneska i gravfølget til Per. Observert kjørende mot Prinsens gate!»

Før meldingen var ferdig trykket Lars på gasspedalen og bilen akselererte, slik at pappbegeret med kaffe i holderen på dashbordet landet på gulvet.

«Hva faen!» skrek Johnny.

«Bare få på sirenene, Johnny!»

«Hvem er det som angriper et gravfølge midt på lyse dagen?»

«Noen jævla idioter.»

Bilen suste mot Prinsens gate, og idet den var fremme ved trikkestoppet, så Lars og Johnny en svartkledd horde på vei mot Ila.

«Melding mottatt, motorsyklistene observert kjørende mot Ila. In pursuit.»

Sekundet etterpå hamret Lars på bremsene med en slik kraft at Johnny rykket fremover. Bilen fløy til siden og stoppet en meter fra Gråkallen-trikken.

«Faen, ble stoppa av trikken, patruljebil 11C fortsetter mot Ila så fort vi får snudd!»

ERIK HADDE LAGT SEG NÆRMERE ENDEN AV HÆREN AV MOTORSYKLER FØR ILAPARKEN. Alt gikk som planlagt. Ved rundkjøringen etter Ilaparken, tok han av mot Byåsen og ble fulgt av et par stykker. Alle andre fortsatte ned Bynesveien, mot Trolla.

DA PATRULJEBIL 11C ANKOM BYNESVEIEN 100, Trolla Brug, så de ikke annet enn en stengt butikk for motorsykkeldeler på andre siden av veien og en annen patruljebil parkert foran det gamle verftet. Lars kjørte rolig bort til den andre bilen og stirret på regnet som plasket ned mot frontruten. Deretter rullet han ned vindusruten ved siden av seg og stakk ut en albue samtidig som han gravde frem en sigarett fra innerlommen.

«Asterix og Obelix, har dere observert noe?»

En liten mann med svart fippskjegg lente seg ut av vinduet i den andre bilen.

«Haha, veldig morsomt, Lars. Nei, har ikke gjort det sjø. Men vi fikk beskjed om hva som var skjedd og tenkt vi skulle kjør ned hit og sjekke. Vi har fått godkjent bruk av våpen, men tenkte vi skulle vent på backup. Det er her Hells Angels holde til, er det ikke?»

«Stemmer det, sjø! Det virker jo veldig rolig her, da. Kan dem ha tatt med syklene inn?»

«Regner nesten med at de må ha gjort det hvis de er der inne. Hvor mange personer var det snakk om?»

«Er ikke helt sikker, sjø, men det så ut som om det kan ha vært rundt tjue av dem.»

Begge mennene så på den gamle gråsteinsbygningen som hadde en busk av eføy voksende opp langs det ene hjørnet. Utvendig så den ikke ut som om den noensinne var blitt restaurert etter at den var oppført på sekstitallet, bortsett fra at den hadde nytt tak. Ingen av dem likte tanken på å storme inn i et potensielt bakholdsangrep. Men ingen av dem ville være den som krøp til korset og tilkalte forsterkninger.

«Hva sier du, Anders, skal vi sjekke det ut?» sa den lille mannen med fippskjegget til en kjempe av en mann som satt ved siden av seg og lente seg på rattet.

«Ærlig talt, Ronny, jeg syns vi skal vente—»

Akkurat da hørte de lyden av sirener, og snart var de flankert av en hvit Volvo, ut av hvis en eitrende forbannet kriminalinspektør Dundre steg ut.

«Så dere sitter og glor?» spyttet han.

Han stakk frem en lubben arm og pekte på gråsteinsbygningen. Samtlige i bilene sukket, tok ut pistolene sine og gikk ut i regnet. Med Roy Dundre i spissen gikk alle fem med våpen i hånd mot gråsteinsbygningen. Dundre åpnet sakte en av de grønne metall-dørene. Selv med lyden av regnet som plasket mot bakken kunne man høre en knirking idet døren ble åpnet.

Vel inne gikk det et kollektivt gisp gjennom gruppen med politimenn da de innså at de hadde støtt på tjueen svartkledde motorsyklister stående foran syklene sine med hendene i været og like mange maskinpistoler i en haug foran seg.

«Kurt, Kurt, nå må du ikke svøm for langt ut da!»

«Neida, mamma!»

Det salte vannet slo mot ham idet han traff overflaten med ansiktet først. Lyden av måkeskrik og kusinene Anne og Kristine i hælene fortalte ham at det sommer.

«Førstemann ut til flåten!» skrek Kurt.

«Det er urettferdig, du begynte jo før oss!»

Tilbake på svabergene i bukten satt faren med en sigar i kjeften, slik han alltid gjorde når onkel Gunnar var til stede, og klappet entusiastisk i armene. Det samme gjorde onkel Gunnar, men det var som regel Kurt som var førstemann ut. Han gjorde aldri noe stort nummer ut av det når seieren først var i boks; bare kravlet opp på flåten som var forankret hundre meter ute i bukten og la seg til å stirre opp på den blanke himmelen. Slik kunne de bli liggende i flere timer og snakke om alt og ingenting. Til slutt pleide onkel Gunnar tenne bål inne på land, bål så store at de andre familiene i bukten enten flokket til dem for å grille eller søkte ly for røyken.

Da pleide Kurt la dem få hoppe i vannet først, vanligvis Anne før Kristine fordi hun var eldst og hadde lengst hår, før han selv dristet seg utpå og lot det nå litt varmere vannet få kjøle ned den enda varmere kroppen sin.

Inne på land pleide de grille pølser og marshmellows til solen gikk ned.

Av en eller annen grunn fylte disse minnene ham idet han traff bakken på kirkegården. Synet av fedoraen sin ti meter foran seg brakte ham tilbake. Han brukte lang tid på å reise seg, og så sjekket han at alt var i orden. Han kunne ikke føle noen smerte, bare redsel forsterket av lyden av skrik og bannskap rundt seg. Da han endelig stod oppreist kom han på henne: «Lise!»

Alle de andre menneskene som enten lå strødd eller stod halvt oppreist enset han ikke. Han løp som besatt helt til han la øynene på henne. Hun lå på bakken, med håret tilgriset av blod. Hennes formfulle kropp som hadde våknet opp sammen med ham den morgenen beveget seg ikke mer. Øynene hennes, svarte som kull, hadde fått et skjær av matthet over seg.

Han kjente et par hender gripe ham idet han skulle til å falle ned på kne.

«Du kommer med oss!»

Hendene løftet ham opp. Han tok ikke stilling til hva som holdt på å skje, men fulgte simpelthen to ukjente folk inn i en ventende politibil på den andre siden av gaten.

«Vil du ha whiskey?» spurte Kurt.

«Nei takk, jeg drikker ikke på jobb.»

En søt blondine kledd i en langermet, sort kjole sto i stuen i Volveveien 11A og iakttok Kurt Hammer med et fårete blikk.

«Nei vel, jeg får drikke alene da. Si meg igjen, hvorfor er dere her?»

«Roy dro for å forsøk å finne bikeran. Han tror dem var ute etter deg. Han insisterte på at du ikke skulle være alene.»

Kurt Hammer satte seg i Chesterfield-stolen bak seg, tente en sigarett og lot seg omsvøpe av alkoholens trygge grep. *Hvordan i helvete kunne han ha klart å miste henne?*

«Hva tenker du på?»

Kurt la merke til at blondinen hadde slått seg ned i stolen ovenfor.

«Hun kom til meg. Helt alene. Det var mitt ansvar å ta vare på henne, for faen!»

Kurt Hammer satte whiskey-glasset på stuebordet og løftet Jack Daniels-flasken som stod der til munnen.

KAPITTEL TI

ANDRE FEBRUAR 2012 - MORGEN

«Har noe skjedd?»

«Ikke siden vi kom, nei.»

En mann på to meter sto i grusveien utenfor Volveveien 11A og kikket utenfor av ytterdøren. Han hadde fått selskap av en blondine, i en langermet Armani-kjole, med Swarovski-krystaller langs magen.

«Hvordan har han det?»

«Hva skal jeg si? Han spurte om jeg ville drikke, og fortsatte med å hive innpå en flaske Jack Daniels når jeg sa nei. Han sovnet når mesteparten av den var tom.»

Mannen lo litt. «Ikke rart, tatt i betraktning hva som skjedde. Hvis jeg ikke hadde vært her, hadde jeg nok forsøkt å fange jævlene, eller gått hjem med en flaske selv.»

Blondinen ristet på hodet. «Hvis det virkelig var ham de så etter, er det kanskje like greit at vi er her og ikke på jakt.»

De to tok en siste titt før hun gikk inn og lukket døren etter seg.

Kurt Hammer våknet av vibrasjonen fra mobilen i jakkelommen. Som vanlig var synet slørete og hodet kjentes eksplosjonsartet, og han visste at gårsdagen måtte ha vært brutal, selv om det eneste han kunne tenke på var noe å drikke.

Han reiste seg, børstet vekk hårstrå fra pannen og gikk med ustø skritt mot kjøkkenet. Der bøyde han seg umiddelbart mot vannkranen over vasken, åpnet munnen og satte vannet på full guffe. Deretter tok han møysommelig opp mobiltelefonen ut av lommen sin. Skjermen på hans iPhone 4S lyste mot ham: én ulest melding. Den var på russisk. En rask titt på Google Translate viste ham,

Møt meg om en time på Thon Hotell Trondheim, rom 662.

Femten minutter og fire paracet senere hadde Kurt Hammer så vidt klart å komme seg til Nardosenteret uten å falle en eneste gang. Bussen fra Nardosenteret var som vanlig overbefolket. Kurt hadde knapt satt føttene innenfor før han kom på hvorfor han elsket å kjøre motorsykkel. Vinden i ansiktet, adrenalinet som kom når nålen på speedometeret bikket hundre. Gleden av å slippe å vente på bussen. Dessuten hatet han å dele plass med andre, selv når han satt seg ved den første og beste D-koppen han fant. Akkurat idet han hadde satt seg begynte en baby i setet bak ham å vræle samtidig som mobilen vibrerte.

«Hammer!» sa Karlsen. «Klokken er elleve og du er ikke på jobb ennå. Hva skjedde i går egentlig?»

«Sorry, forsov meg igjen. En gjeng bikere overfalt oss i går.»

«Åh, herregud, var du der? Bare ... du treng ikke kom deg på jobb, men hadde vært fint om du dukket opp i dag eller i morgen for et intervju.»

Kurt flirte. «Ja, jeg begynner vel å bli lokalkjendis nå, så det skulle vel la seg gjøre.

«Håper det går bra med deg ...»

«Vel ... hun jeg var med ble skutt, og jeg ble henta hjem med politieskorte. Men etter forholdene har jeg det vel OK.»

«Shit! Beklager.»

«Akkurat nå er jeg mest forbanna. Jeg håper at politiet får tatt dem og at vi får hengt dem ut til tørk.»

«Det skal vi, Kurt. Det er det her vi jobber for.»

«Ja, jeg vet. Men jeg fikk en ny telefon her, snakkes!»

Kurt sukket og minnet seg selv på å ta en øl når han kom til sentrum.

«Hammer,» sa Hansen. «Kurt, faen, går det bra med deg?»

Frank Hansen hørtes ut som en mann som nettopp var stått opp.

«Under omstendighetene, ja. Men jeg holder meg borte fra jobb i dag.»

«Så du skadet deg ikke?»

«Hun jeg var med ble skutt, Frank! Det var mitt ansvar å passe på henne, hu døde rett foran øynene mine!»

«Vil du ta deg en øl? Jeg kommer og møter deg med én gang!»

«Kanskje i kveld. Jeg ringer deg, ok?»

«Ok! Bare ikke sett deg ned for å drikke alene, ok?»

«Nei da, skal ikke det.»

Da bussen stoppet i Kongens gate rundt tretten minutter senere gikk Kurt av og fortsatte umiddelbart til Cafe Dublin, stamstedet sitt i Trondheim.

Det brune tre- og mursteinsinteriøret i Cafe Dublin hadde alltid tiltalt Kurt Hammer. Dessuten hadde de et utmerket utvalg av øl. Derfor kom han hit for å søke ly for regnet og minske den stadig voksende kulen i magen. Da han hadde tømt et glass med Guiness stirrende ut på Prinsens gate tikket det inn en melding på russisk.

«Jada, jeg kommer,» murret han.

EN HALVTIME SENERE HADDE HAN FORFLYTTET SEG TIL THON HOTELL TRONDHEIM OG LOKALISERT OLYAS ROM, 662.

Rom 662 var sparsommelig innredet med en dobbeltseng, en firkantet puff, og en TV foran sengen. I et hjørne stod en stol. Bak den, en stålampe.

«Why'd you invite me?» Kurt hang opp jakken sin. *Hvorfor inviterte du meg?*

Hun iakttok ham fra sengen med brune øyne fulle av liv. «Because I liked your company. » Hun smilte mot ham med fyldige lepper. «You're not like other men I've met,» medgav hun idet han la seg inntil henne på sengen. *Du er ikke som andre menn jeg har møtt.*

Han kysset henne lett på kinnet og gav seg til å massere henne. «What's your name?» *Hva er navnet ditt?*

«Lola Bunny. »

«No, I mean your real name...» *Nei, jeg mener det virkelige navnet ditt.*

I det han sa det så en en flamme av redsel i øynene hennes, som om ordene henne hadde stukket henne i brystet. I løpet av en brøkdel av et sekund hadde hun stukket frem hånden sin til nattbordsskuffen ved siden av sengen.

«Oh, no, you don't.» Han grep strupen hennes.

Erik Larsen kjørte diskret ned i parkeringshuset på Trondheim Torg. Sjansen for å bli tatt var stor. Men på den annen side kunne det hende politiet virkelig trodde de hadde fanget alle.

Idet han manøvrerte Harleyen sin rundt svingen på vei under bakken fikk han noen mistenkelige blikk fra en forbipasserende sjåfør, men han kom snart til å være borte, uansett.

Da han hadde parkert i et hjørne gikk han opp så rolig han kunne mens hjertet hamret i brystet. Ved busstoppet i Prinsens gate gikk han inn for å søke ly for regnet, mens han tok en mobil ut av lærbuksen sin og trykket et nummer. Fingrene skalv idet han traff de siste tastene.

KURT HAMMER HADDE VÆRT SENSITIV TIL SMERTER SÅ LENGE HAN KUNNE HUSKE. Han mistenkte at det var mye av grunnen til at han drakk. Men drikkingen var så ute av kontroll at han hadde sluttet å lete etter grunner.

Smerten som omgav ham i øyeblikket var likevel så brutal at hvis han hadde kunnet tenke rasjonelt ville han ha tenkt at han kom til å huske den resten av livet sitt.

Olya så seg forskrekket rundt i rommet hun befant seg i. I løpet av sekunder som føltes som år knuste vindusrutene, og deretter speilet i yttergangen, i en million bittesmå biter. Noen landet på gulvet, andre forsvant ut i løse luften. Atter andre skar seg inn i huden på bena, magen, ansiktet. Som prosjektiler av krystall lammet de henne med en smerte hun aldri før hadde kjent.

Det siste hun følte før hun ble bevisstløs var hennes revnende kropp, og gulvet under henne som gikk i oppløsning.

Terror i Trondheim!
Av Frank Hansen

Litt over klokken to i går ettermiddag gikk det av en bombe i nærheten av Trondheim Torg.

Thon Hotell Trondheim og Trondheim Torg som ligger vegg-i-vegg, er hardt skadet av eksplosjonen som blåste ut alle vinduer i en kilometers omkrets.
Så langt er tjue personer bekreftet omkommet, og rundt tretti er fraktet til St. Olavs Hospital for behandling av omfattende skader. Politisk ansvarlig i Dagbladet, Marie Simonsen, uttrykker bekymring over hendelsen.
- Uten at det foreløpig er mulig å spekulere for mye i hvem

som står bak eller eventuelle motiver, er jeg redd for at vi her kan snakke om en ny nasjonal krise på linje med Utøya. Aftenbladets politiske kommentator Morten Brügger er enig.

- Jeg var faktisk på vei til Trondheim Katedralskole for å kjøre sønnen min til en tannlegeavtale da det skjedde. Selv inne i bilen kunne jeg høre et stort smell, og da jeg stanset og så ut av vinduet fikk jeg øye på en svart sky av røyk. Jeg husker faktisk ikke hva som gikk gjennom hodet mitt da, antagelig tenkte jeg på sønnen min, men dette er definitivt en tragedie ikke bare for Trøndelag, men for hele Norge.

KAPITTEL ELLEVE

ANDRE FEBRUAR 2012 - DAG

Jeg vet hvem som drepte dem. Møt meg v/ Thon Hotell Trondheim. - Kurt

Frank rakk ikke lese hele meldingen før han hoppet opp, raste gjennom Aftenbladets redaksjonslokaler, og ut i en av bilene.

Allerede før han var fremme kunne han skimte røyk i horisonten.

«Hva faen er det som foregår nå da?»

Han trengte ikke vente lenge for å finne svaret. Da han var fremme var hele Trondheim Torg og Thon Hotell Trondheim omringet av brannbiler og ambulanser. Kriminalinspektør Dundre satt i en politibil med åpen dør som stod ulovlig parkert foran inngangen til McDonalds. Han skrek inn i en mobiltelefon. «... send flere forsterkninga, nå! Massiv ødeleggelse, ukjent antall skadde.»

«Hva er det som foregår?» spurte Frank.

«Herregud, Frank, ser du ikke at jeg er opptatt? jeg vet ikke hva som har skjedd, men det ser ut som om ei bombe har gått av. Er du den første journalisten på stedet?»

«Ærlig talt så kom jeg hit for å møte Kurt.»

«Kurt! Var han her?»

«Jeg fikk en melding om at han visste hvem som drepte—»

«Åh, herregud.» Dundre pekte foran seg.

Mellom en stor menge andre mennesker ble Kurt båret ut til en ambulanse, hardt forslått, med blodige klær og opphovnede øyne.

«Shit, Kurt!»

«Er du en pårørende?» Ambulansepersonellet lempet han inn i ambulansen, og tok synet av den oppjagede journalisten med stoisk ro.

«Han er en kollega. En venn!»

«Vet du om han har noen andre?»

«Nei, egentlig ikke.»

«Nei vel, du får følge med til sykehuset.»

Frank satte seg inn i bilen og så med forskrekkelse at en lang, skallet mann i rød frakk konstaterte at Kurt var bevisstløs, men at hjertet fungerte bra.

ALEXANDRA SKREK OG BAR SEG MENS HAN STØTTET HENNE NED TRAPPENE FRA LEILIGHETEN.

«Faen! Aaauu!»

«Så, så, dette går bra, bilen står rett utenfor.»

Frank likte ikke lyden av sin egen stemme. Hul og hes—som om han hadde noen anelse om hva hun gikk gjennom. Etter noe som føltes som en evighet befant de seg til slutt i et hvitt, sterilt rom på St. Olavs, hvor Alexandra lå i en sykeseng av metall, holdende i håndtak fra taket. Lydene som kom ut av munnen var ikke hennes, som om et dyr hadde tatt bolig i den vanligvis avslappede skapningen han hadde forelsket seg i.

«Press, press, press, kom det taktfast fra den litt lubne, eldre jordmoren med grå permanent som veivet med armene og veivet som om hun var på et fotballstadion.

«Går det snart an å ...»

«Hysj, kom det kontant. Hun er bare et par cm åpen ennå.»

«Kanskje det er best om jeg ...»

«HOLD KJEFT!» skrek Aleksandra.

Frank Hansen stirret vantro på sin forlovede og trakk seg stille tilbake.

Ute i gangen ble han sittende med Wordfeud på mobilen, flyttende på brikker uten at han klarte å konsentrere seg om å danne ord.

Hva var det Kurt hadde sagt? Det måtte være en kvinne, fordi det første drapet skjedde på herretoalettet? Og det kunne ikke være noen fra Trondheim, fordi hvem ville dra ut for å ...

Tanker raste rundt i hodet hans.

Han ble sittende som forsteinet i noen minutter, før alle brikkene til slutt falt på plass, som om Pandoras eske plutselig hadde lukket seg og sugd med seg all djevelskapen dit den kom fra.

Han reiste seg og begynte å bevege seg, først sakte, så raskere og raskere, i retning informasjonsdesken.

«Hvor er Kurt Hammer?»

«Han ligger på akutten. Jeg vet ikke om han kan ha besøk akkurat nå. Er du pårørende?»

«Ja, jeg er pårørende, for faen! Jeg er kanskje den eneste han har. Dessuten gjelder det bevis i en drapssak som kanskje finnes på mobilen hans.»

Kvinnen sukket. «Jeg skal ringe og høre, men det kan ta litt tid. Som du ser er det litt kaos her nå.»

Frank sukket oppgitt og satte seg ved siden av en kvinne i midten av trettiårene som holdt en liten jente på fanget.

Jenta så ut som om hun kunne være rundt seks år, med langt blondt hår, blå øyne og blått tyllskjørt. Frank kunne ikke unngå å tenke på om det var slik barnet hans kom til å se ut om noen år.

«Hvor er pappa?» spurte jenta.

«Han er på akutten, kjære. Han kan kanskje ikke ha besøk av oss, men legene og de flinke sykepleierne gjør så godt de kan for å ta vare på ham.»

«Kommer han til himmelen, mamma?»

«Åh, kjære.» Kvinnen begynte å gråte nesten umerkelig, mens hun knuget rundt den lille på fanget. Tankene til Frank kretset rundt hans egen far. Selv hadde han vært åtte år da han hadde kommet hjem fra skolen og funnet moren gråtende sitte ved kjøkkenbordet. Ansiktet hennes hadde vært begravet i hennes grasiøse hender.

«Hva er galt,» hadde hvisket til henne.

«Pappa, han ... det har vært en ulykke på motorveien,» svarte hun.

Frank hadde ikke orket å si noe mer. Han hadde bare løpt opp på rommet sitt, ligget i sengen og grått i flere timer.

Fra den dagen hadde han alltid næret en nærmest usunn respekt for trafikken, enten han befant seg i en bil eller til fots.

«Ikke vær redd, mamma, det kommer til å gå bra,» sa jenta.

«Jeg er ikke redd, kjære, bare litt lei meg.»

«Det kommer til å gå bra,» sa Frank uten å tenke seg om.

Begge snudde seg og så på ham.

«Jeg ... venter på å besøke en god venn av meg. Han er bevisstløs, men jeg kan ikke tro annet enn at det kommer til å gå bra.»

Den lille jenta tok hånden hans, så på ham og smilte.

Frank smilte tilbake og ble overkommet av en vanvittig trøtthet.

«Unnskyld?»

«Hæ? Oi, jeg sovnet visst!»

Frank rettet raskt på seg idet han innså at han hadde sovnet på skulderen til moren med den lille jenta på fanget.

Hun smilte. «Det går fint, jeg holdt på å sovne selv. Jeg skulle bare si at hun damen fra informasjonsdesken kom og sa at vennen din ligger på akutten, rom 336. Han er stabil, men bevisstløs.»

«Åh, takk! Og dere, har dere hørt noe?»

Stillhet.

«Han ligger inne til operasjon. Den ene lungen hadde visst kollapset, og han er hardt forslått. Jeg tror han har brukket benet også, legene gjør hva de kan.»

Frank ga henne en klem.

«Se, her er nummeret mitt,» sa han og trakk ut et visittkort fra jakkelommen. «Ring meg hvis det er noe jeg kan gjør for dere, hva som helst.»

«Takk!»

Inne på rom 336 lå Kurt Hammer koblet til en hjertemonitor, med det ene benet i skinne. Håret var skamklipt og gjorde vei for et stort arr i øverste delen av pannebrasken. Frank telte tjue sting. Han satte seg ned ved siden av sykesengen.

«Faen, Kurt. Vi trenger deg tilbake på jobb. Jeg trenger deg. Hun er her, er hun ikke? Din smarte jævel. Jeg ville aldri ha funnet henne uten deg.»

Han så seg rundt. Kurts kanarigule dressjakke var hengt nøkternt opp på en stumtjener i et hjørne. Frank reiste seg og fisket Kurts mobil ut av jakkelommen.

«Jeg låner denne, jeg—»

Plutselig begynte hjertemonitoren å pipe.

Frank løp til døren. «Hallo? Noen? Han flater ut her, for faen!»

En sykesøster kom løpende, etterfulgt av en lege.

«Hva gjorde du for noe?» spurte legen.

«Jeg gjorde ingenting, bare sa at han måtte komme tilbake.»

Legen rev opp den hvite skjorten og avdekket Kurts hårete brystkasse, før han dekket den til igjen med to svarte padder.

«Klar!»

Hele kroppen til Kurt hoppet til idet defibrillatoren sendte strøm inn i den.

«En, to, tre, fire, fem.»

En av sykepleierne kom bort til Frank og dro ham mot døren.

«Kommer han til å—»

«Kom nå, du kan ikke være her.»

Idet Frank var kommet ut på gangen, slo det ham. *Alexandra!* Han løp så fort bena kunne bære ham gjennom korridorene fra akutten til fødestuen. Utenfor fødestuen ble han møtt av den eldre jordmoren.

«Gratulerer, det ble ei jente, sjø!»

Han smilte. «Takk!»

Hun steg til side og lot ham få åpne døren før han forsiktig stakk hodet sitt inn.

«Kom deg ut! Jeg vil ikke se deg mer!»

Frank Hansen trakk seg stille tilbake, og sendte et stjålent blikk til datteren sin som lå rød, naken og svarthåret og sugde på sin mors bryst.

Noen hadde vært der. Hvor lenge visste han ikke. Eller hvor lenge siden det var. Men noen hadde vært der nå, ganske nylig, mente han, og kalt ham til tjeneste. Det føltes som om kroppen ble penetrert av millioner av nåler idet ett eller annet brått våknet til live dypt inne i ham.

Først begynte hjertet å slå – langsomt, gradvis pumpet det blod gjennom årene og opp til hjernen. Kurt Hammer sperret øynene opp.

«Olya? Hallo? Noen? Hvor er Olya?»

KAPITTEL TOLV

TREDJE FEBRUAR 2012

«HVEM ER DERE?»

Sykepleier Anna så opp med sine uskyldsrene blå øyne på to uniformerte muskelmenn som så ut som om de var kommet rett fra nærmeste treningssenter. Hun forsøkte å virke skeptisk og selvsikker, men var redd for at de ville se rett gjennom henne.

«Vent her. Jeg skal *forsøke* å snakke med overlegen.»

Så typisk av politiet, å komme inn her midt i den verste krisen siden 22 juli, og forlange å få snakke med pasienter som svever mellom liv og død.

Overlege Polskaya rettet på brillene sine. Han hadde nettopp spist en tallerken suppe etter å ha gjennomført en atten timers operasjon, og skulle til å gå hjem å sove da Anna banket på døren hans.

«Hei. Fint å se deg igjen.» Hun smilte blygt.

«Takk.» Han smilte tilbake på den unge, formfulle sykesøsteren med krøllete hår.

De hadde begge trengt et avbrekk fra jobben forrige gang de møttes i lunsjrommet.

«Det er noen fra politiet her. De spør om å få intervjue pasienten i rom 43. De sier hun heter Olya Volkova.»

Polskaya snøftet. «Hva faen tror de? At de kan komme her klokken ti om morgenen for å intervjue en dødssyk pasient? Da jeg flyttet fra Russland, var det—»

«Fordi du trengte å flykte fra galskapen. Jeg vet det. Skal jeg snakke med dem, eller vil du gjøre det selv?»

«Jeg er på vei hjem uansett, så jeg kan gjøre det på vei ut.» Han likte å vise pågangsmot i hennes nærvær.

Da han kom ut fant han de to mennene sittende på en benk, tilsynelatende uanfektet av hva som foregikk rundt dem. En TV i et hjørne viste NRK, som det siste døgnet hadde sendt direkte nyhetssendinger fra hendelsene ved Trondheim Torg.

En tydelig påvirket Jon Gelius, i med sin brede Arendalsdialekt, konkluderte at, «*Politiet leter for øyeblikket etter en mann i trettiårene, med sorte klær og middels langt hår. Han mistenkes å stå bak bombingen, samt å være tilknyttet skytedramaet dagen før. Motivet er fortsatt uklart, men politiet har i en pressemelding sagt at mannen antas å være armert og ekstremt farlig. Derfor ber de om at alle utviser forsiktighet og umiddelbart ringer politiet hvis de mistenker noe eller noen. Over alt er doktorer og sykepleiere stressede, ofte gråtende, og pårørende går i alle retninger.*»

De to uniformerte mennene reiste seg bare når Polskaya hadde kommet helt bort til dem.

«Overlege ...»

«Polskaya.»

«Hyggelig. Jeg er etterforsker Martin Skaar, og dette er min kollega Brede Wiberg. Vi er her for å intervjue Olya Volkova. Hun er mistenkt i en sak.»

«Det er dessverre ikke mulig. Hun er fortsatt i fare etter å ha blitt utsatt for alvorlige hodeskader, og svever nå inn og ut av bevissthet.»

«Kan du ringe oss så snart hun er bevisst igjen?» spurte Skaar.

Polskaya svelget et snerr. «Nei, men hvis dere kommer tilbake om en uke, kan jeg fortelle dere om hun er stabil nok til at jeg synes det er forsvarlig at hun intervjues.»

Etterforskeren så irritert rundt i rommet, som om han lette etter andre åpenbare idioter.

«Vel, kanskje vi kommer tilbake om en uke, kanskje før. Det ville vært synd om vi måtte komme tilbake med en rettskjennelse ...»

«Det spiller ingen rolle, så lenge hun er i min varetekt.» Polskaya tok den motvillige etterforskeren i hånden. «Nå skal jeg hjem for å sove. God dag.»

Olya sperret øynene opp. Kroppen var gjennomvåt av svette, og skalv. Noe forferdelig hadde hendt, uten at hun kunne ...

Hun skrek. Lungene hennes verket idet hun fylte dem med luft, men de måtte fortsatt ha krefter i seg, for lyden som kom ut overrasket selv henne. Den var høy og skingrende, og fylte henne med minnene av rommet som raste sammen rundt henne.

En sykepleier slo døren opp. «Er alt bra? Så godt at du har våknet ...»

Den slanke, blonde skapningen kom bort til henne, satte seg ved siden av henne og tok henne i hånden. Olya snakket til henne på engelsk med svak russisk aksent. «Kurt Hammer. Я хочу. Er han her? Jeg må snakke med ham.»

«Han er her, men han sover. Og jeg tror ikke du er i form til å—»

«Чёрт.» *Dritt.*

Hun rev til seg hånden og reiste seg opp av sengen. Sykepleieren forsøkte å holde henne tilbake, men måtte nøye seg med å støtte henne idet hun satte føttene på gulvet.

«Er du OK?»

«Hvor Kurt Hammer?»

Sykepleieren sukket og tok et hardt grep rundt armen hennes. Da de kom ut i gangen ble mange øyne sperret opp ved synet av en tynn jente med krøller, sidecut og femten sting langs siden av hodet som så ut som en spanjol, bannet på russisk og virket som om hun kunne falle over hvert øyeblikk.

«Jeg beklager,» sa sykepleieren til overlege Polskaya da han kom forbi dem i gangen. «Hun insisterte.»

Han smilte og henvendte seg til Olya. «Все нормально?» *Alt bra?*

«Да. Где Kurt Hammer?» *Ja, hvor er Kurt Hammer?*

Han stirret forbauset på henne, som om han ikke kunne begripe hva den forfyllede journalisten skulle ha gjort for å få denne unge damen til å oppvise en slik energi og viljestyrke, men vurderte til slutt situasjonen til å være ufarlig, og pekte foran seg på en dør omkranset av to politimenn.

«он там!»

«Спасибо,» mumlet hun til takk og dro den stakkars sykepleieren med seg.

Det banket på redaktør Karlsens dør.

«Ja? Kom inn!»

«Hei.» Frank Hansen så ut som et vrak.

Han hadde store poser under øyene etter en uke med altfor lite søvn, og Karlsen mistenkte at han hadde lagt på seg fem til ti kilo.

«Går det greit at jeg avspaserer resten av dagen for å dra til Stjørdal hvis jeg lover å se etter bombemannen?»

«Vil hun være med svigermor nå, hæ? Sånn er det å ha familie!»

«Bare meg, hun har allerede dratt.»

«Jaså?»

«Det er det jeg mistenker. Hun tar ikke telefonen etter at jeg ikke var der under fødselen fordi jeg lette etter Kurts mobil.»

Karlsen løftet øynene opp fra skjermen foran seg og blåste en stor røykring ut i rommet. «Apropos det ... du kan få gå hvis du stikker innom St. Olavs og hører hvordan det står til med Kurt. Det skader jo ikke å høre om han har en sak heller, hæ? Forbannet også, at du skulle klare å regne ut hvem som stod bak drapene uten at vi har en sak.»

«Vel, vi har jo ingen sak ennå, men alt peker mot henne.»

«Kurt vet! Det føler jeg på meg. Århundrets sak venter på oss. Og ikke bekymre deg.» Hvis Alex forlater deg er hu dummere enn jeg trodde.»

«Eh, javisst, sjef. Da stakk da jeg, da.»

Karlsens øyne hadde allerede vendt tilbake til skjermen. Han viftet med sigaren i hånden for å indikere at han var ferdig med samtalen. Frank forlot rommet, gikk ned i første etasje, før han gikk ut til bilen sin, en sølvgrå Volkswagen Passat. Deretter satte han kursen mot St. Olavs hospital.

Femten minutter senere, utenfor rom 46 på St. Olavs intensivavdeling, ble Frank Hansen avkrevd identifikasjon av to politimenn før han fikk gå inn. Inne på rom 46 satt Olya på en stol ved siden av Kurts sykeseng idet Frank kom inn. Rommet var helt naken bortsett fra en vase med liljer fra Aftenbladet som stod på bordet ved siden av stolen.

Frank stirret på Olya idet han kom inn i rommet, som om hun skulle vært en mellomting mellom et spøkelse og udyr.

«Det er ikke som du tror,» sa Kurt da han la merke til Franks blikk. «Kan du vente utenfor?»

Frank lukket døren uten å si et ord. Etter to timer kom en blond sykepleier gjennom døren, før hun kom ut igjen med Olya. Frank unngikk blikkontakt, men kunne ikke fri seg fra å undres hvordan en spinkel, ung kvinne skulle kunne ha gjort det han antok at hun hadde gjort.

«Hun har tilstått,» konstaterte Kurt fornøyd idet Frank kom inn igjen i rommet. «Hu forsøkte å drepe meg også, fordi hu følt seg trua. Hu har vært gjennom – du kommer ikke til å tru det når du leser artikkelen engang.»

«Ah, så du har en sak? Karlsen lurte på hvordan du hadde det ...»

«Det kan du hilse han å si at jeg har.»

Frank satte seg. «Jeg vet ikke hva du har i tankene, men du kommer ikke til å kunne snu hvermannsens bilde av henne når det kommer ut hva hun har gjort.»

«Du har ennå mye å lære.»

Frank stirret mistroisk tilbake. «Hun er en trippel morder—»

«Som har blitt pressa til sitt ytterste,» svarte Kurt rolig. «Kan du gjøre meg en tjeneste?»

«Hva som helst,» kom det kontant.

«Skaff meg et nettbrett eller noe å skrive på.»

«Ikke noe problem, jeg er på veil til Stjørdal. Jeg kan ringe Felicia på veien.»

«Stjørdal? Problemer i forholdet?»

«Det ordner seg,» sa Frank, selv om han ikke helt trodde på stemmen som sa det. «Godt å se at du er ved godt mot.» Han reiste seg og gikk.

Forbannet også, tenkte kriminalinspektør Dundre, på hans kontor med utsikt over Trondheim Sentralstasjon. Ute hamret regnet på vindusrutene og taxier kjørte passasjerer i skytteltrafikk til og fra stasjonen.. Denne gangen måtte han bare gå selv. De to han sendte forrige gang var åpenbart ikke kapable til noen ting.

Han klødde seg i hvalrossbarten sin. *Kanskje jeg burde ringe Kurt*. Men han la idéen fort til side. Hvis Olya hadde våknet og snakket med ham, ville hun være beskyttet av journalistisk konfidensialitet. Riktignok hadde Frank Hansen ringt fra sykehuset, sagt hennes fulle navn, sagt at hun mest sannsynlig var innlagt. Men det var også så langt som samarbeidet strakk seg, for journalistenes del.

Uten å tenke mer over saken, forlot Dundre kontoret sitt til fordel for bilen, and ti minutter senere parkerte han utenfor St. Olavs hospital.

En time senere våknet Olya av at det banket på døren til rommet hennes. Det var helt tomt, hun hadde ikke engang blomster på nattbordet sitt.

Hun vinket Polskaya inn i rommet.

Hvordan har du det? Jeg har hørt at engelsken din er ganske god, så jeg kommer til å bruke det. Utenfor står en politimann, og han vil snakke med deg. For å være ærlig har du blitt overraskende mye bedre siden du våknet for tre dager siden, så det er begrenset hvor lenge jeg kan holde ham borte på bakgrunn av din mentale tilstand ...

Hva var det Kurt hadde sagt? «There's no going back from this!» Du kan ikke gå tilbake fra dette. «La ham komme inn.»

«Ok. Vil du at jeg skal bli?»

«Nei. Jeg vil tilkalle deg hvis jeg ikke takler ham.»

Overlegen reiste seg. «Ok, jeg slipper ham inn.»

Da han kom tilbake til kriminalinspektør Dundre så han strengt på ham og sa, «Hun er klar til å se deg, men fortsatt fysisk og litt mentalt sliten. Hun er ikke i form til å bli satt i varetekt.»

Dundre nikket. «Takk, jeg forstår. Jeg antar at hun snakker engelsk?»

Overlegen stirret på ham en stund, og sa, «Bare hvis du stiller de rette spørsmålene.»

Inne på rom 43 gjorde Olya seg umiddelbart opp en mening om mannen som hadde entret rommet hennes. Tredagersskjegget vitnet om en overarbeidet mann som fortsatt tok seg tid til arbeidet sitt. Øynene var små og mørke, omtrent som en grevlings, og fortalte henne at denne mannen var vant til å lure svar ut av folk, selv når de ikke visste de kom til å svare. Videre hadde han en enorm bart, som hun mistenkte kunne være der for å lure uforvarende mennesker til å tro at han egentlig var en blyg person som gjemte seg bak et maskulint ytre.

«Kan jeg sitte,» spurte han henne på gebrokken engelsk.

«Пожалуйста,» sa hun og svingte med armen mot stolen. *Vær så snill.*

«Du er sikkert klar over at dette ikke er et formelt avhør, så jeg kommer til å hoppe over formalitetene. Navnet mitt er Roy Dundre, og jeg jobber for det norske politiet. Den siste uken har, helt ærlig, vært et profesjonelt mareritt for meg. To døde på forskjellige åsted, veldig profesjonelt utført, med nesten ingen fysiske bevis. Det eneste som ser ut til å koble dem er at de begge hadde en fascinasjon for horer. Og for tre dager siden får jeg en telefon hvor jeg får høre at du vet hvem som står bak. Vet du hva som er det neste jeg har lyst til å spørre om?»

Olya så ned i sitt eget fang, deretter rett inn i øynene hans, med øyne som glitret av hat. «De var drittsekker, inspektør. Voldelige drittsekker som kalte meg en hore, løs og slo meg.»

Hun løftet underarmen og avslørte et stort blåmerke, med form som en halvmåne. «De fikk som fortjent.»

Dundre fortrakk ikke en mine. «Har du noe imot at jeg tar et bilde?

Hun sa ingenting, bare løftet underarmen igjen. Han tok opp en iPhone 4S fra lommen på sin grå frakk og tok et bilde. Deretter la han mobilen tilbake og tok fram en ziplock-pose fra den samme lommen. Posen inneholdt en ørevokspinne.

«Do you mind ...?» *Kan jeg?* Han åpnet posen og gav henne pinnen.

Han la merke til at neglene var farget i rødt, hvitt og blått – Russlands farger. *Kanskje hun savnet hjemme? Hun måtte ha fått låne neglelakk av noen her.*

Hun førte den inn til munnhulen med rolige bevegelser og gav den til ham.

«Takk, du hører fra meg,» sa han og reiste seg.

«Jeg vil snakke med doktoren din og forsikre meg om at han vil fortelle meg når du er klar for å bli avhørt. Prøver du å gå noe sted vil jeg finne deg.»

«Hvor skulle jeg gått,» sa hun og pekte på bena sine.

Ute i gangen støtte han på sykesøster Anna. «Hei, kan du si meg hvor Polskaya er?»

«Hei, han er inne hos en annen pasient nå, men jeg kan ta en beskjed?»

«Vet du hvor lenge det blir til Olya Volkova vil kunne gå igjen?»

«Om jeg visste det kunne jeg ikke sagt det til deg, men det er det ingen som vet. Det er mulig at hun har fått en varig skade på sentralnervesystemet. Dessverre har vi ikke hatt tid til å scanne henne ennå.»

«Vel, be ham ringe meg så snart han mener hun er frisk nok til å kunne varetektsfengsles. Og hvis det er noen som helst mistanke om at hun er frisk nok til å kunne rømme ...»

«Skal gjøre det,» sa hun idet en alarm gikk på et rom og hun måtte løpe.

«Han har nummeret mitt,» ropte Dundre etter henne.

«Hu er her, ja ...»

Frank ble stående i en evighet og betrakte svigermoren gjennom en halvåpen ytterdør uten at de to vekslet et ord.

Hun hadde skulderlangt, grått hår som var satt opp i en knute bak på hodet, og et spisst ansikt som gav inntrykk av at hun hele tiden var mistenkelig for et eller annet.

De falmede blå øynene betraktet ham på en måte som fortalte ham at hun lurte på om han var idiot eller bare ondskapsfull.

«Jeg skal høre om hu vil se deg,» sa hun til slutt og lukket døren bak seg.

Etter en stund kom hun ut igjen, fortsatt med det samme blikket i ansiktet. «Kom deg inn da. Men du får oppfør deg som folk!»

Frank merket at irritasjonen steg med hvert ord, og forbannet Alexandra innvendig for å utsette ham for dette. Samtidig, kanskje han fortjente det? Kanskje han burde finne seg en ny karriere? Nei, for faen! Hun måtte kunne innse at han elsket både henne og jobben!

Han gikk inn i en liten yttergang og hang opp ytterjakken sin på en av knaggene langs veggen, over hvis veggen ble prydet av et innrammet flyfoto av Stjørdal.

Innenfor yttergangen befant det seg en liten stue med en vinrød skinnsofa langs den ene langveggen, bak et lite, rundt spisebord. Stuen ble lyst opp av to firkantede vinduer med utsikt mot en liten hageflekk. Mellom dem stod en liten, brun kommode, oppå hvis det stod en kniplingsduk og bilder av Alexandra som ung samt hennes avdøde far.

For øyeblikket satt Alex i sofaen og ammet. Frank satte seg og møtte blikket hennes i løpet av brøkdelen av et sekund.

Det gikk en evighet. En evighet uten ord, en altoppslukende stillhet som trengte seg inn i hele rommet, overalt, og gjennomboret dem.

«Kan jeg få holde henne?»

Alexandras øyne gjennomboret ham. «Greit, jeg trur hu er mett nå.»

Hun løftet henne forsiktig, prøvende, bort til ham. Han tok imot henne som bare en nybakt far kunne gjøre, med all verdens styrke og likevel med en letthet som om han skulle holdt en fjær.

«Du ser vettskremt ut,» sa Alexandra.

«Er det noe galt i det?»

«Nei, det hadde vært mye verre om du ikke brydde deg.»

KAPITTEL TRETTEN

TIENDE FEBRUAR 2012

ROY DUNDRE HADDE KNAPT RUKKET Å SETTE SEG NED MED MORGENKAFFEN FØR DET RINGTE.

«Dundre, Trondheim Politistasjon, hva kan jeg hjelpe deg med?

«Hei, det er fra kriminalteknisk.»

Dundre spisset ørene.

«Du, den prøven du sendte inn for en uke siden kom ut positiv, men bare for én av de avdøde – Jansrud.»

«Takk, du, jeg regne med at du sender resultatene i posten også?»

«Selvsagt, men det vil nok ta en ukes tid.»

«Ikke noe problem. Takk igjen!» Dundre la fornøyd på røret.

I EN ANNEN DEL AV TRONDHEIM HADDE OLYA VOLKOVA STÅTT OPP FOR UNDER TO TIMER SIDEN.

«Kan du føle dette?»

«Bare så vidt ...»

Olya lå på en matte på et ganske tomt kontor og forsøkte å

konsentrere seg alt hun kunne om å føle når den smilende fysioterapeuten med røde krøller bøyde føttene hennes og slo på knærne.

«Vel,» sa hun på trønder-engelsk etter en stund, fortsatt smilende. «Hvis du har nevrologiske skader, er de ikke kjempeomfattende. Men det er selvsagt vanskelig å si sikkert uten å skanne deg.»

Olya reiste seg opp sakte, nesten demonstrativt, med armene. Fysioterapeutenes evinnelige smil og ukuelige optimisme irriterte henne grenseløst.

«Will I be able to walk again? » *Vil jeg kunne gå igjen?*

«Det er fortsatt for tidlig å si,» kom det kontant. «Men Polnaya sa faktisk at vi kan skanne deg i dag hvis du vil, etter timen her.»

Olya nikket. «Selvsagt vil jeg det.»

«Uavhengig av resultatene vil det ta en vilje av stål ...»

Olya fnøs. *Hvem er denne damen? Smile og late som om alt var OK kunne hun, likevel sitter hun her og setter spørsmål ved viljestyrken min. Om hun bare visste hva det å komme seg hit, å i det hele tatt holde seg i live etter at moren døde, hadde kostet, ville hun ikke tvilt på meg.*

«Du kjenner ikke meg!»

«Det har du rett i, jeg bare forteller deg sannheten.»

«Ikke bry deg om meg Hvis vilje er hva som kreves vil jeg gå igjen.»

«Godt. Legg deg ned og strekk på bena for meg. Fem ganger på hvert!»

OVERLEGE POLNAYA SATT VED SIDEN AV KURT HAMMERS SYKESENG MED ET FÅRETE UTTRYKK I ANSIKTET.

«Du har ikke noen andre du kunne spurt om å gå på polet?»

«Når du nevner det så skulle Felicia fra jobb komme med en iPad ... jeg kan spørre hu.»

«Hvis du har problemer med å sove kan jeg skrive ut valium til deg ...»

Kurt fnøs. «Nei takk, du! Da holder jeg meg til flaska! Kanskje skrivinga vil gjøre det lettere å sove.»

«Kurt!»

Hammer stirret på den middelaldrende overlegen. Han bar mørkebrune Rayban Wayfarer-briller, muligens et forsøk på å skjule en begynnende måne. Men på den annen side, kanskje ikke, ettersom håret hans var bustete, og skjorten han hadde på seg under legefrakken flekkete. Kurt syntes han minnet litt om en overarbeidet trebarnsfar.

«Røntgenbildene vi tok for noen dager siden for å kartlegge om du har brukket noe ... du drikker deg i hjel. Leveren din er i ferd med å skrumpe inn.»

Akkurat da banket det på døren.

«Kom inn,» sa Kurt.

Felicia kom inn. Det lange, mørke håret hennes var klissvått, og hadde det ikke vært for at hun hadde på seg en svart frakk ville hun nok ha vært våt inn til benet.

«Kurt!» Hun løp bort og kysset ham på kinnet. «Hvordan går det med deg?»

«Jo takk, jeg har hatt verre dager. Jeg og Polskaya her hadde egentlig en samtale, men han skulle akkurat til å gå, stemmer ikke det?»

Polskaya nikket. «Det stemmer ... hva heter det? På en prikk!» Han reiste seg og forlot dem. Før han gikk ut snudde han seg mot Kurt. «Tenk på det jeg sa ...»

«Hva var det der,» sa Felicia.

«Ingenting, bare noe lege til pasient-greier.»

Felicia stirret på ham, men bestemte seg for ikke å forfølge temaet videre.

«Har du med en tablet til meg?» spurte Kurt.

«Å ja, stemmer det!»

Hun lyste opp, som om hun hadde klart å glemme grunnen til at hun var kommet. Med en elegant bevegelse tok hun sin foldbare Falabella-veske i sort skinn fra Stella McCartney opp i fanget og trakk ut en sølvgrå iPad.

«Takk!»

«Forresten, Karlsen lurte på om du skal i gang med en sak?»

«Si at han må rydde forsida,» svarte han og smilte lurt.

«Åh, så bra, Kurt! Jeg tror du trenger å skrive for å føle deg bedre.»

«Du kjenner meg for godt. Forresten, kan du stikk bort på polet for meg? jeg får ikke sove ...»

«Ah, var det det dere snakket om?»

«Han ville gi meg valium,» utbrøt Kurt irritert. «Jeg sa at da tar jeg heller flaska.»

Felicia sukket. «Greit, jeg skal ta med noe til deg i kveld. Men nå vil jeg gå, sånn at du får skrevet.»

Hun kysset ham på kinnet, tok vesken sin på skulderen, reiste seg og gikk.

«Trenger du hjelp?»

Tjue minutter senere så en ung, pakistanske MR-sykepleier forskrekket på at Olya kravlet seg fra rullestolen sin og opp på MR-skanneren. Olya ristet febrilsk på hodet idet sykepleieren nærmet seg med en hånd. Da hun til slutt hadde kommet seg opp på magen og rullet rundt, sa sykepleieren på gebrokken engelsk, «Du må ligge helt stille mens maskinen arbeider ...»

Olya skulte bare stygt til svar, som for å si, *Ser det ut som om jeg vil klare å bevege meg?!*

Idet hun sakte, men sikkert ble ført inn i den sylinderformede åpningen i den store, hvite maskinen raste tankene gjennom hodet hennes. *Vil jeg klare å gå igjen? Vil jeg bli sendt tilbake til Russland? Hvor lang tid har jeg før jeg blir arrestert?* Hun lukket øynene og hengav seg til tikkingen fra maskinen.

ERIK LARSEN SKALV PÅ VÆRNES FLYPLASS UTENFOR TRONDHEIM. Han kunne ikke huske sist han hadde gjort det. Frykten for å bli oppdaget var fortsatt reell.

Idet han kom helt bort til bagasjebåndet ved sikkerhetssjekken ble han stoppet av en stor kar i Securitas-uniform. Erik vurderte å gi ham en rask nesestyver og forlate åstedet, men bak seg hadde han en kø på minst tjue personer, og foran seg hadde han fem sikkerhetsvakter. Køen bestod for det meste av småbarnsfamilier og en og annen forretningsmann. Selv om de ikke ville klare å stoppe ham innså han at selv fem-seks halvfeite småbarnsfedre i hawaii-skjorter og jappefolk i Armani-dresser ville være nok til å oppholde ham til sikkerhetsvaktene fikk summet seg.

Vakten øynet ham opp og ned, raskt. «Du ser mistenkelig ut. Beklager, jeg kan ikke la deg få gå gjennom her. Du må bli med meg en tur først.»

Erik sa ingenting, men løftet kofferten sin og ble med vakten ut av køen.

«Navn og endelig destinasjon, takk!»

«Erik Larsen, Bermuda!»

«Hva skal du på Bermuda, om jeg må be?»

«Personlig reise. Skal besøke min ukjente datter jeg aldri har møtt.»

«Er du klar over at en mann som passer ditt signalement ble observert utenfor Trondheim Torg bare noen minutter før det gikk i lufta?»

«Virkelig? Huff, så forferdelig. Håper virkelig dere klarer å fange ham så fort som mulig.»

«Er du, eller har du noen gang vært involvert med Hell's Angels?»

«Unnskyld? Hva er det? Høres ut som en menighet for satanister ...»

Vakten sukket, tydelig irritert. «Jeg kan ikke la deg reise før du begynner å svare på spørsmålene mine. Vil du at jeg skal ringe politiet?»

«Nei, for Guds skyld ...»

I løpet av et par sekunder reiste Erik seg, lot høyrearmen gli bakover og slo vakten rett under venstre øye. Han deiset i veggen, tilsynelatende forvirret. Før han fikk summet seg gikk Erik nonchalant bort og sparket ham i pannen. Idet militærstøvelen traff pannen ble veggen bak hodet farget rød.

Da hun var ferdig med skanningen lå Olya på MR-maskinen og så med skepsis på at overlege Polskaya nærmet seg med det som for henne fortonet seg som et altfor positivt ansiktsuttrykk.

«Hei, du. Hvordan har du det?» spurte han.

«Godt. I det minste ikke verre.»

«Jeg vet ikke ... det er ikke noen lett måte å si dette på.»

«Then just say it.» *Så bare si det.*

«Vi fant stor skade på sentralnervesystemet ditt. Du trenger en operasjon, og selv

da kan jeg ikke garantere at du noensinne vil klare å gå igjen.»

«Når?»

«Jeg vet ikke. Hvis du er klar over at dette er en operasjon med høy risiko som kan føre til komplikasjoner, vil jeg sjekke.»

«Doktor, jeg er ikke redd. Si fra.»

Polskaya kunne ikke unngå å smile. «Jeg kan si deg en ting; med den innstillingen vil du nå langt.»

Han trillet rullestolen bort til MR-maskinen og gikk bort til døren for å betrakte henne idet hun lempet seg ned med bena først, som om det var den enkleste ting i verden.

KAPITTEL FJORTEN

TOLVTE FEBRUAR 2012 - MORGEN

KONSTABEL LARS GULBRANDSEN SATT I BILEN SIN PÅ VEI UT MOT VÆRNES. Det hadde vært mange vakter der den siste tiden, som ikke var så rart. Det som var rart var at de etter en uke ennå ikke hadde noen mistanke i saken om bombingen av Trondheim Torg.

Gulbrandsen mente at det måtte være en selvmords-jobb – det var den eneste logiske forklaringen. Sannsynligvis var det en araber. De ville vært kastet på hodet ut av landet, hadde han fått bestemme.

Gulbrandsen var så sikker i sin sak at han hadde ropt ut hva han mente om saken til sjefen, som hadde bedt ham roe seg. Og etter en uke hadde de fortsatt til gode å finne noe som kunne minne om hverken arabere eller rester etter noen selvmordsbombe. Pinlig! Han var overbevist om at de ikke lette på de rette stedene. Han ble vekket fra sine dystre tanker av en forstyrrelse på radioen.

«*Kaller alle enheter – farlig mann på Harley Davidson drar mot Trondheim fra Værnes! Drepte en sikkerhetsvakt. Registreringsnummer DN96650!*»

«Helvete! Ikke nå igjen!» Han la foten på gasspedalen og slo på sirenene. «Enhet 1460A på saken. Over!»

Akkurat da la han merke til en ensom Harley med en politibil på slep som kom kjørende langs E6 i motsatt retning. Han hamret foten på bremsen og snudde bilen i en u-sving som bare så vidt unngikk kollisjon med flybussen til Nettbuss i motsatt kjørebane. Bussen bråbremset og endte opp med å velte på tvers av E6.

Det kommer til å bli ei heftig kommunal regning. Lars fortsatte å forfølge politibilen.

Erik frøs. Regnet bøttet ned på alle kanter, og vinden kastet håret hans i alle retninger. Han ante ikke hvor han var på vei, men han måtte riste av seg politiet.

Et annet sted i byen var redaksjonslokalene til Under Dusken, Norges eldste studentavis, tomme bortsett fra to personer. Det til tross for at klokken begynte å nærme seg tolv på en torsdag. Personene var Sunniva Elise Heim, som satt på vakt for desken, og kulturredaktør Mathias Kristiansen, som sjekket epost.

Mathias begynte å bli irritert.

«Faen, hvor er kulturtipsene når jeg trenger dem.» Han tok en stor slurk kaffe fra Statoil-koppen foran seg.

Han var bekymret for at kulturseksjonen i neste nummer kom til å bli urovekkende liten.

«Går det bra,» spurte Sunniva fra den andre siden av det rotete lokalet.

Det var fylt til randen av gamle nummer av Under Dusken, PC-er, støv, halvspiste ferdigmat-bokser fra Fjordland, og krus med gammel kaffe tilfeldig plassert utover bordflatene.

«Jada, men hvis du har tips til kultursaker tar jeg dem gjerne imot!»

«Beklager, det har jeg nok ikke,» sa Sunniva, strøk seg over sine lyse lokker og fortsatte med å korrekturlese Finn Brynestad og Emil

Flakks kommentar om det håpløse Finansstyret på Studentersamfundet.

Et brak hørtes utenfor, og begge merket en skjelving i det ellers rolige lokalet. Sunniva så opp på Mathias med sine blå øyne. «Hva var det?»

«Aner ikke, men jeg tror vi bør sjekke det ut.» Mathias var allerede på vei bort til skapet ved veggen for å finne et fungerende speilreflekskamera.

«Enig.» Sunniva reiste seg fra kontorstolen.

Idet de kom ut i Singsakerbakken kunne de høre lyden av sirener, og fikk øye på en motorsykkel med vinrød lakkering som hadde krasjet i Lucas, restauranten ved siden av redaksjonen med tydelige dekkspor som ledet mot bygningen.

«Se!» Sunniva skrek og pekte mot den andre siden av gaten.

En mann i svart Satyricon-skjorte, militærstøvler og svarte skinnbukser løp som besatt ned mot det runde, røde Studentersamfundet. Han blødde kraftig fra venstre lår og høyre albue.

Det må være ham de er ute etter. Sunniva og Mathias la i vei etter ham.

Idet Mathias fikk kastet seg over ham oppdaget Sunniva at han hadde en kniv i hånden.

«Pass deg,» skrek hun.

Basketaket deres føltes som om det varte i en evighet. Blod føk overalt, og idet Sunniva oppdaget at mannen skulle til å stikke Mathias i ryggen, sparket hun til armen hans. Kniven fløy og landet noen meter bortenfor.

«Vi tar over fra her,» skrek tre politimenn idet de kom løpende fra to politibiler midt i krysset foran Lucas-restauranten.

«Går det bra med deg,» spurte Sunniva idet politimennene la mannen i jern og dro ham med seg.

Mathias hadde blod i ansiktet, som så ut som en form for krigsmaling og matchet det røde håret hans. Han svarte ikke, men reiste seg og skyndte seg å ta speilreflekskameraet ut av kamerabagen han bar over skulderen. Idet den svartkledde mannen ble plassert i en av politibilene knipset Mathias en serie bilder, før han løp bort til politifolkene.

«Hva er denne mannen sikta for?»

«Han har drept en mann på Værnes, og vi har grunn til å tro—»

«Hva?»

«Glem det. Ingen kommentar. Går det bra med deg forresten? Ønsker du å anmelde han for legemsbeskadigelse?»

«Det var jeg som kastet meg over han, tross alt. Men jeg skulle gjerne likt å vite hva han heter.»

Politimannen snudde seg og diskuterte lavmælt med kollegaen som hadde satt seg i førersetet på Mercedesen. «Han heter Erik Larsen,» sa han til slutt. «Vi mistenker at han er leder for Hells Angels Oslo. Mer enn det kan vi ikke si akkurat nå.»

«Ok, takk.»

Mathias snudde seg og gikk mot Sunniva. «Jeg tror vi har forsidesaken til neste nummer.» Han gliste stort.

Frank Hansen sperret øynene opp og kikket mistrøstig på sin iPhone 4S som nettopp hadde vekket ham. Displayet viste at klokken var 00:45. Han vurderte et øyeblikk å legge på, men kunne ikke unngå å kjenne et stikk av medlidenhet ovenfor Kurt.

«Jeg håper du har en god grunn for å ringe så sent, Kurt!

«Ja – jobb. Jeg hold på å skriv, men treng å få bekrefta nå fra en kilde. Hu villa ikke snakk på telefonen ...»

«Jeg har egentlig tatt permisjon i en uke. Jeg trenger å få være i fred med Alex og ungen.»

«Tar ikke lange tida, sjø. Jeg treng bare å få bekrefta en mistanke til saken.»

«En mistanke?»

«At Christian Blekstad var et svin!»

«OK, du har min oppmerksomhet. Når og hvor?»

«Gardermoens gate 12. Hu sa du kunne komme når som helst. Jeg trur hu er arbeidsledig.»

«OK, jeg skal høre med Alex i morgen. Hun kommer ikke til å bli glad, så jeg kan ikke love at jeg blir lenge.»

«Bare ta med deg opptaker.»

«Will do! Hvordan går det med deg?»

«Joda, Felicia kom innom med en iPad til meg. Har skrevet og gjort research i noen timer nå. Hu kom innom med en knert for et par timer siden, så jeg tenkt jeg skulle ta den nå og forsøk å sove.»

«Høres ut som en idé. Bare ikke drikk deg i hjel.»

Frank la på og ble liggende å høre på regnet som hamret på taket utenfor. Fra bare noen hundre meter borte kom den karakteristiske lyden av rotorblader som skar seg gjennom luften idet ambulansehelikopteret landet på taket av St. Olav. Noen hadde hatt en røff kveld.

Ved siden av ham lå Alexandra, som heldigvis ikke hadde våknet. Hvordan hadde det seg at han kunne ha latt jobben få komme mellom dem? Hennes perfekte munn som minnet ham om en halvmåne var formet i et smil, og han grøsset ved tanken på å forlate henne i morgen. Uansett var han nødt til å holde Kurt utenfor.

En time senere hadde Alexandra allerede stått opp og servert frokost på sengen bestående av presskannekaffe, scones, syltetøy og druer på et sølvfat hun hadde arvet etter bestemoren. «Nei! Du lovet at du ikke skulle si ja til flere oppdrag denne uka!»

Frank verket langt inne i brystkassen, og følte seg omtrent som en ulydig hund som hadde lekt seg på sofaen i stuen mens eieren var borte. «Beklager, kjære, men det kom opp sent i går kveld.»

«Og du kunne ikke si nei?»

Frank sukket. «Ærlig talt, egentlig ikke. Vi har regninger som må betales, og Stine må ha leker, klær, herregud, vi har ikke engang barnevogn!»

Alexandra satte brettet demonstrativt ned på sengen og snudde.

«Hvor skal du?»

«Dusje! Jeg vil ikke se deg før du kommer tilbake, og nåde deg om det tar mer enn et par timer!»

«Skaff deg en jobb,» slang han tilbake, og fikk en slamrende badedør i retur.

Han angret umiddelbart. Alexandra var utdannet hjelpepleier, og siden det var tilnærmet umulig å få fast stillingsbrøk, hadde de blitt enige om at han skulle jobbe og hun skulle være hjemme med Stine. Han hadde gått for langt, visste han. Men hun måtte da forstå at det ikke gikk an å leve på luft og vann?

Frank fortærte sin halvdel av frokosten i stillhet, på tross av en nagende følelse av at han egentlig ikke fortjente det. Tjue minutter senere lot han bilen sin gli stille inn på parkeringsplassen foran de hvitkalkede leilighetskompleksene i Gardermoens gate. Fra bilen, en sølvgrå Volkswagen Passat, kunne han se at alle bygningene var av mur, og han klarte ikke bestemme seg for om fasadene var designet på femti- eller sekstitallet. Uansett var de ikke nye.

På den ene kortsiden av det som så ut til å være det eldste bygget la han merke til at *Trondheim Leilighetshotell* var skrevet i store bokstaver over en blå dør. Parkeringsplassen var anlagt rundt små hageflekker med trær og blomster i alle størrelser. Hadde det ikke vært for regnet som fosset ned, kunne stedet sett riktig koselig ut, tenkte Frank.

Han skyndte seg ut i regnet og inn i det eldste komplekset. Til slutt banket han på en intetsigende dør merket *A. Knutsen*. Det som ventet ham var en kvinne i midten av førtiårene med pløsete ansiktstrekk, syltynn figur og hår i sjatteringer av rødt, brunt, og grått satt stramt i en knute bakerst på hodet.

«Hei, Frank Hansen!»

«Anne Berit,» sa hun spakt og tok ham i hånden. Deretter gikk hun til side og lot ham få komme inn. «Huff, for et vær. Du er jo søkkvåt, kom inn og varm deg på en kopp kaffe.»

«Takk som byr!»

Frank fulgte etter henne inn til en liten stue hvis mest fremtredende møbel var en svart skinnsofa som så ut til å være innkjøpt på Fretex.

«Jeg antar at du har vært i kontakt med Kurt,» sa han.

Hun indikerte at han skulle sette seg mens hun selv gikk inn på kjøkkenet og hentet kaffe.

«Det stemmer!»

Straks kom hun ut igjen og skjenket ham kaffe i et digert krus med en kanne hun sa hun hadde arvet fra sin bestemor.

«Takk! Kan du begynne med å fortelle meg hvordan du kjente Christian Blekstad?»

Stillhet. Anne Berit stirret i bordplaten av tre foran sofaen. Et øyeblikk trodde Frank at han ville bli nødt til å finne en ny innfallsvinkel.

«Han var en drittsekk.»

«Hm, ja, Kurt har gitt uttrykk for noe i den retningen han også.»

«Jeg er utdanna sekretær. Det vil si, akkurat nå er jeg uføretrygda på grunn av han. Han ...» Hennes store, blå øyne ble plutselig blanke.

«Ta den tiden du trenger.»

«Voldtok meg på kontoret sitt. Kvelte meg så jeg trodde jeg skulle dø. Den jævelen penetrerte meg analt så jeg fikk livsvarige skada. Da jeg forsøkt å ta det opp med ledelsen ble det hysja ned, som om det var en bagatell. Det endte opp med at jeg fikk sparken da jeg ikke lengre klarte å møte på jobb.»

Frank sperret øynene opp. «Hvorfor tok du ikke kontakt med politiet?»

«Politiet bryr seg ikke. Hvorfor skulle jeg gå til dem?»

Frank lot stillheten senke seg, akkompagnert av regnet som pisket mot vindusrutene i den lille leiligheten. Han tok en stor slurk kaffe før han fortsatte. «Tror du det kan ha vært andre ...?»

«Skulle ikke forundre meg, kom det kontant.»

«Jeg vet dette er vanskelig, men er du villig til å stå frem?»

«Nei, jeg sa til Kurt at jeg kun villa la meg intervju om jeg fikk full anonymitet.»

«Hm,» sa Frank idet han tok frem en Moleskine-notatbok og begynte å skrive. Da har vi i hvert fall en kilde.»

«Ja, jeg håper jeg har bidratt til Kurts arbeid. Han fortalte meg hva han skrev på, og det overrasket meg ikke det spor at hun drepte ham. Han fortjente det!»

Hun begravde hodet i skjørtet sitt. Frank kunne ikke avgjøre om hun gråt, men han kunne ikke unngå å føle en dyp medfølelse. «Jeg forstår, jeg forstår,» hvisket han.

På vei mot Gildheim Legesenter for å snakke med Anne Berits lege tenkte Frank på det hun hadde sagt. Frank anså ikke seg selv som noen religiøs mann, selv om han var oppdratt i en kristen familie. *Jeg kan forstå henne.* Samtidig hadde han vanskeligheter med å forsvare det Olya hadde gjort. Uansett fortjener Christian Blekstads gjerninger å komme i søkelyset. Frank passerte de store brune og grå sementbygningene som utgjorde Nidar godterifabrikk på jakt etter Falkenborgveien 35c. Stedet var vanskelig å finne, og akkurat idet han var i ferd med å gi opp, etter at han hadde passerte betongklossen som utgjorde hovedkontoret til ICA-gruppen fem ganger, tok han av ved et stort skilt merket *Thoning Owesens gate* 35. Etter å ha passert en stor hvit blikkbygning merket *Hurtigruta carglass,* enda en bilbedrift, denne med gjennomsiktig tak merket *Jensenbil.no,* og til slutt *Falkenborg bil A/S*, kom han omsider til en fireetasjers koloss dekket med hvite plater som var merket *Falkenborgveien* 35c.

På en lapp festet på en av de blå glassdørene som utgjorde hovedinngangen kunne han lese *Gildheim legesenter.* Frank forstod ikke hvordan noen kunne ha et legesenter på et sted som var praktisk talt umulig å finne, men innså at han hadde viktigere ting på agendaen enn å finne svaret på slike spørsmål.

Inne på et lite venterom ble han til slutt møtt av en høy, slank skapning med fyldig, blondt hår i en flette. Hun presenterte seg som Martine Skog.

«Takk for at du kunne møte meg på så kort varsel,» sa Frank og ble med henne inn på kontoret.

«Vel, jeg fikk inntrykk av at det hastet, og vi hadde få pasienter i dag.»

«Hm, det stemmer. Venteværelset var jo nesten tomt!»

«Man skulle tro at mange ble forkjølet og syke i dette været, men det virker ikke slik på pasientene.» Hun smilte.

«Apropos pasientene dine.» Frank dro frem en papirlapp fra innerlommen på jakken. Han rakte den til henne og sa, «Jeg har med en fullmakt fra Anne Berit Knutsen, som påstår at hun fikk livsvarige skader på sin forrige, og siste, arbeidsplass. Kan du bekrefte det?»

Martine gransket lappen nøye, før hun til slutt sa, «Helt forjævlig tilfelle.» Hun ristet på hodet og sukket. «Jeg ba henne gå til politiet, men hun mente det ikke var noen vits. På sett og vis forstår jeg henne. Jeg har hatt lignende tilfeller, ja, jeg kan naturligvis ikke drøfte dem med deg, men slik jeg forstår det har de alle blitt henlagt.»

Frank ristet på hodet. «Nettopp derfor er det viktig at denne saken får oppmerksomhet. Kan du forklare enkelt hvilke skader Anne Berit ble påført?»

«Vel, først og fremst store skader på den interne sfinkter, altså den anale

lukkemuskelen. Dernest, nerveskader som resulterer i blødning og store smerter

ved avføring. Til slutt, vorter.»

«Vorter?»

«Ja, de kan oppstå inne i kanalen ved bakteriell infeksjon.»

«Det er mulig at hun har kreft, vi venter fortsatt på resultatet av prøvene.»

«Herregud. Kan jeg sitere deg på disse tingene?»

«Selvsagt. Jeg bare håper at saken deres kan være med på å hindre lignende tilfeller i fremtiden.»

«Det håper jeg også.» Han dro frem sin svarte Moleskine-notatbok og begynte å skrive.

På vei hjem stoppet Frank på en bensinstasjon for å kjøpe en rollerburger med rekesalat. Han kunne ikke la være å føle et brennende hat ved synet av alle porno-magasinene i bladhyllene, på tross av at han ikke tidligere hadde lagt merke til dem.

Overlege Polskaya kastet engangshanskene sine i søppelbøtten ved døren idet han forlot operasjonssalen på St. Olavs. Klokken hadde akkurat rukket å bikke fem, og etter en åtte timer lang operasjon hadde han konstatert at Olya burde kunne gå. I teorien. Ødeleggelser på nervesystemet var uforutsigbare. Det visste han bedre enn noen, etter over ti år med operasjoner.

En av pasientene hans hadde blitt til en grønnsak da hun våknet. Familien forsøkte selvfølgelig å stevne ham inn for Pasientskadeombudet, men de fant at ingen feil var begått. Pasienten hadde blitt opplyst om risikoen, og Polskaya hadde tatt alle nødvendige forhåndsregler. Likevel kunne det fortsatt vekke ham opp midt på natten.

Polskaya forsynte seg med en espresso fra maskinen i gangen, og krysset fingrene til lyden av brusene og fresingen som kom idet koppen hans ble fylt opp med koffeinholdig drikke.

Et par timer senere kikket Kriminalbetjent Line Hansen spørrende på Polskaya, samtidig som hun forsøkte å beholde en eim av verdighet i møte med legen som forhåpentligvis hadde gitt den Olya muligheten til å gå igjen.

«ER HUN VÅKEN?»

«Jeg vet ikke. Jeg skulle akkurat til å gå inn for å se på henne.»

Legen var nettopp tilbake på jobb og gretten, men forsøkte å virke høflig. Han innrømmet glatt for seg selv at han likte denne Line, med sine smale blå øyne og lyse krøllete hår, bedre enn hennes mannlige kollegaer. Noe ved fremtoningen og holdningen fikk ham til å føle at hun ikke anså tiden sin viktigere enn hans.

«Hvis du venter her, kan jeg fortelle deg hvordan hun har det. Hun vil uansett ikke være i stand til å flyttes på et par uker.»

Line Hanson nikket. «Selvsagt. Det forstår jeg.»

Polskaya stålsatte seg idet han la hånden på dørklinken. Minnene fra operasjonen som gikk galt flommet tilbake. Han kom inn i rommet, og hun var våken.

Men hun reagerte ikke på stemmen hans. Den gangen, da han kom bort til sykesengen oppdaget han at de gnistrende, grønne øynene hennes hadde fått et glassaktig skjær over seg. Det var som om sjelen hennes hadde forduftet.

Denne gangen var han ikke sikker på hva som hadde skjedd. Olya lå helt stille i sengen sin med det svake lyset fra vinduet i ansiktet. De lange, mørke krøllene strøk henne sensuelt over hennes latinske ansikt med store, fyldige lepper. Han minnet seg selv på å spørre seg selv hvor hun hadde utseendet sitt fra, idet han nærmet seg forsiktig og rolig. Da han kom bort oppdaget han at øynene var lukkede, men at hun hadde en stabil hjerterytme. Plutselig sperret hun øynene opp.

«Are they here? Are they coming for me?» Er de her? *Kommer de for meg?*

KAPITTEL FEMTEN

TOLVTE FEBRUAR 2012 - DAG

DA FRANK HANSEN KOM HJEM TIL LEILIGHETEN I EIRIK JARLSGATE, satt Alexandra og ammet.

Stine sugde til seg melk fra de formfulle brystene hennes på samme måte som han så for seg at en sulten bjørnunge suger honning fra en bikube. Frank tok ikke tid til å henge av seg ytterjakken, men satte seg rett ned i stolen ovenfor henne og så henne inn i øynene.

«Du må høre på det jeg har å si.»

«Fortell.»

Frank fortalte om turen til Anne Berit, deretter om besøket til Martine Skog, og til sist om pornobladene på vei hjem. Alexandra satt helt stille. Da han var ferdig sa hun fortsatt ingenting, så han la til:

«Det kan være jeg må dra ut et par ganger til for å intervjue flere kvinner. Men jeg håper du forstår hvorfor!»

For første gang smilte hun, og sa:

«Gjør det du må,» helten min.

I ET ROM PÅ ST. Olavs våknet Kurt Hammer med en litt mindre hodepine enn vanlig og kjente på et røyksug så stort at det føltes som om en avgrunn var åpnet i ham. Han strakk seg etter nikotintyggegummi-pakken på nattbordet, åpnet den omhyggelig og hev innpå to tyggegummier. Deretter la han den tilbake, strakk seg etter sin iPhone 4S og slo nummeret til redaktør Karlsen.

«Kurt! Hvordan går det med deg?» spurte Frank.

«Joda, Felicia kom innom i går med noe å sove på, så jeg er ikke trøtt, i alle fall. Fikk du skjedd på utkastet jeg sendte deg?» svarte Kurt.

«Ja, jeg ble akkurat ferdig med å lese gjennom, faktisk. Veldig bra så langt, men du mangle jo kilder, da.»

«Jeg sendte Frank ut i går for å skaff meg en kilde. Jeg tror det gikk bra. Det viser seg at Blekstad var et monster som voldtok ved minst en anledning, og han forsøkte jo å voldta Olya slik jeg forstår det.»

«Hva med Jansrud?»

«Han er verre. Jeg har forsøkt, men ...»

«Hva?»

«Han benyttet seg av seksuelle tjenester én gang, jeg tviler på at det var et engangstilfelle.»

«Bare fortsett, Kurt. Jeg veit at du kan hvis du vil!»

«Takk, jeg skal gjøre så godt jeg kan.»

Kurt Hammer la på og la den svarte iPhone 4S-en tilbake på nattbordet.

FRANK HANSEN VAR SLITEN. Størsteparten av ettermiddagen hadde gått med til spontanhandling av barnevogn, uten at han eller Alexandra hadde klart å bli enige om noe som helst.

Derfor satt han nå nedsenket i den svarte Landskrona-sofaen i stuen i deres leilighet i Eirik Jarlsgate mens Alexandra forsøkte å legge Stine. Da telefonen ringte tok han den mismodig opp av lommen og så hvem det var. Nummeret tilhørte Kurt.

«Hei Kurt!»

«Hei, hvordan gikk det?» spurte Frank.

«Det gikk bra, hun ga meg til og med fullmakt til å snakke med legen sin! Jeg har bare ikke hatt tid til å sende det jeg skrev ennå.»

«Og Alex?» spurte Kurt.

«Hun tar det bra, hun forstår hvor viktig dette er.»

«Så bra! Jeg tror jeg har funnet en kilde til som kanskje er relevant ...»

«Har du funnet noe på Jansrud?»

«Det kan virke sånn!»

«Fantastisk! Jeg tar meg av det, bare gi meg adressen.»

Da han hadde lagt på gikk Frank Hansen ut i bilen. Han fikk ikke engang startet den før han måtte lette på samvittigheten. Etter at han begynte å jobbe på saken til Kurt var han fortsatt usikker på om Olya hadde rett til å gjøre det hun hadde gjort, men han følte seg sikrere enn noensinne på at det hadde vært galt av ham å overgi henne til politiet.

Med en klump i magen ringte han fra bilen utenfor Eirik Jarlsgate.

«Kurt, jeg ...»

«Hva?»

«Det var jeg som tipset om Olya til politiet. Beklager!»

«Jeg skjønte det, sjø! er ikke meg du skal si unnskyld til, sjøl om dem nok ville ha funnet det ut før eller siden ...»

«Greit, tar poenget. Svinger innom sykehuset før jeg drar på intervju.»

«Gjør det. Send meg alt du har så snart du er ferdig med intervju!»

Frank la på og kjørte sakte, men sikkert i retning St. Olavs hospital. Inne på akutten hadde ting roet seg ned etter bomben under Trondheim Torg, konstaterte Frank. Leger og sykepleiere løp ikke lengre i gangene, men det var fortsatt massevis av pasienter i gangene, koblet til hjertemonitorer og dryppmaskiner som var rullet ut for anledningen. På NRK diskuterte politisk kommentator Lars Nehru Sand og nyhetsanker Ingerid Stenvold om ryktene om arrestasjonen av en motorsyklist i Trondheim kunne ha noen sammenheng med pressekonferansen som var annonsert senere på kvelden, og om attentatmannen hadde politiske motiver i likhet med Anders Behring Breivik.

Da Frank banket på døren til Olyas rom fikk han først ingen svar. Han banket igjen, og en sliten stemme sa «come in». Han åpnet døren forsiktig og gikk inn. Olyas irrgrønne øyne gjennomboret ham, som om de så inn til dypet av hans sjel.

«May I sit? »

«Please. »

«Thanks. I'm ... »

«I know who you are. Kurt told me. »

«I'm the one who gave you up to the police. I've since realized that what I did was wrong. »

«They deserved to die,» svarte hun mutt, uten å se på ham.

«I... I've thought a lot about that, and I'm still not sure I agree. But I know that Blekstad was a monster, and I'm about to go see someone Kurt believes was raped by Jansrud. »

«Tell her he can't hurt her again. »

«I... will. I'm going to see Kurt before I leave. Anything you want me to say? »

«Tell him that they are coming for me soon and say thank you! »

Frank nikket, reiste seg og forlot rommet.

Inne på rommet sitt fant han Kurt tyggende på nikotintyggegummier og lesende på iPad.

«Hei!»

«Hei! Hva sa 'a?»

«Hun sa at de kommer for henne snart, og at jeg skulle si takk.»

Kurt smilte skjevt og klødde seg i skjegget.

«Vel, om ikke denne saka får ho ut av fengsel, vil den i hvert fall endre folks oppfatning. Jeg avslutta nettopp en samtale med Karlsen, jeg fikk overtalt 'n til å rydde forsida på dagen før rettssaken starter, om ikke noe annet dukke opp.»

Frank satte seg ved siden av sengen.

«Bra jobbet! Har de sagt noe om når du kan komme deg ut herfra?»

«Om en måned, trodde han. Men jeg måtte visst begynne å trene opp beinet før det, og godt er det, ellers hadde jeg blitt gal!»

Frank smilte.

«Det forstår jeg! Jeg skal stikke nå for å gi deg mer å skrive. Det var Øvre Møllenberg 41, sant?»

«Stemmer!»

Et kvarter senere svingte Frank Hansen sin sølvgrå Volkswagen Passat inn på grusplassen foran Øvre Møllenberg 41. Huset stakk seg ut i området, da det var det eneste som så relativt nytt ut blant en mengde eldre trehus. Det var malt kremgult og hadde en hvit trapp som gikk opp til en brun dør.

HAN STEG UT AV BILEN OG HASTET BORT TIL DØREN I DET ØSENDE REGNET UTENFOR. Det som møtte ham da døren ble åpnet, sjokkerte ham. Kvinnen på innsiden var ikke så mye en kvinne som en gudinne. På øyemål avgjorde han at hun måtte være minst én syttiåtte, med langt, blondt hår som rakk henne til hennes perfekte midje. Øynene som møtte hans var mandelformede og mørkebrune. Leppene hennes var akkurat passe tykke, og omkranset kritthvite tenner.

«Skavlan. Rachel Skavlan,» sa hun og rakk ut en hånd med perfekt mandelformede negler.

«Hei. Frank Hansen her, fra Aftenbladet. Kan jeg få komme inn?»

«Selvfølgelig,» sa hun og smilte.

Hun ledet ham inn i et lite kott av en yttergang, med lilla teppe på gulvet og en rad av kleshengere langs den ene kortveggen. Frank hang opp den grå frakken sin som allerede hadde rukket å bli våt.

Innenfor gangen var det enda en gang med en trapp som ledet opp til andre etasje, og en dør inn til en stue med åpen kjøkkenløsning.

«Kaffe?» spurte Rachel og indikerte at han kunne sette seg i den svarte hjørnesofaen foran en flatskjerm-TV langs den ene veggen.

«Gjerne,» svarte Frank og satte seg mens han tok frem notatblokken sin. «Du har vært sammen med Jansrud?»

Hun kom mot ham med en avlang kaffekanne i skinnende metall.

«Leser du ikke tabloider?»

Frank gjorde sitt beste for ikke å le.

«Jeg er deltidsansatt i Trøndelags største avis, og har aldri skrevet en kjendissak i mitt liv. Så ... nei,» sa han og smilte.

«Vel, da jeg slo opp var det på forsida av alle tabloidene i landet.»

«Unnskyld at jeg sier det, men jeg antar han ikke tok det pent?»

Hun helte kokende kaffe ned i et hvitt krus som allerede stod på bordet foran sofaen. Deretter satte hun kannen på bordet, satte seg og tok en stor slurk av sin kopp.

«Han kom hjem hit en kveld som ligna mye på denne. Det var full storm ute. Han hadde drukket. Han gjør det mye utenfor sesongen. Det er også skrevet mye om.»

«Er ikke særlig interessert i sport,» sa Frank så unnskyldende han kunne.

«Unnskyld meg, men det var ikke du som skulle skrive den saken her, var det?»

«Kurt Hammer, han du snakket med, er på sykehuset. Han overlevde Trondheim Torg så vidt det var. Han har hele tiden vært overbevist om at drapet på Jansrud var selvforsvar mer enn noe annet, og han har overbevist meg.»

Rachel tenkte seg om og nikket. Frank mistenkte at hun egentlig ikke likte tanken på å forholde seg til en journalist som ikke visste hvem hun var, men at han hadde klart å overbevise henne om sine gode intensjoner.

«Jeg skulle selvfølgelig ikke ha sluppet han inn. Først kasta han seg rundt meg og tagg meg om å ta han tilbake. Jeg forsøkt å trøste han, men da det ble klart at jeg ikke kom til å ta han tibake klikka det for han. Jeg visste ...»

Hun la ansiktet sitt i hendene.

«Ta den tiden du trenger,» sa Frank så rolig han kunne.

«... det går bra,» sa hun etter en stund. Jeg visst at'n kunne vær lettantennelig på fylla, men ikke sånn. 'N skjelt meg ut på det groveste og slo te mæ. Knakk næsa mi, gjorde'n! jeg besvimt, og da jeg våkna opp lå jeg fastbunden i senga. Jeg forstod ikke koss det var mulig, han hadd alltid vært en fløtepus i senga. Nå var det som om'n var en heilt anna mann. Da'n kom inn på rommet lyste det ondskap av øyan hans. 'N holdt en svart dildo i hånda, og da gikk det opp for meg kor dum jeg hadd vært.»

Frank grøsset over hele kroppen.

«Du kunne ikke vite ...»

«'N kjørt dildoen i mæ, jeg skreik så jeg trudd lungan mine skull punktere.»

«Du sa at nesen din brakk. Regner med at du har vært til en lege?»

«Ja, det er sant!»

Frank så spørrende på henne idet hun reiste seg og forsvant ut av rommet. Ikke lenge etterpå var hun tilbake med noen papirer som hun la på bordet foran ham. Han kikket på dem og konstaterte at det var røntgenbilder av nesebeinet.

«Ta dæm,» sa hun. Kopia!

«Takk, sa han. Får vi lov til å trykke disse?»

«Sjølsagt!»

«Dette vil virkelig være til hjelp i saken vår – takk! Beklager at jeg er nødt til å spørre, men du fikk ikke noen andre skader?»

«Søvnproblema og vondt når jeg går på do. Men mest det første. Jeg får ikke sov uten å ha ei venninne på besøk.»

«Gikk du til politiet?»

«Jeg gjorde det, men saken ble henlagt.»

Frank bannet for seg selv idet han satte seg i bilen og rygget ut fra den gruslagte oppkjørselen foran Øvre Møllenberg 41 og satte kursen mot Midtbyen Legesenter, Olav Tryggvasons gate 40. Det skulle ikke være hans jobb som journalist å ta sakene politiet ikke hadde kapasitet til eller ikke ville befeste seg med. Men når det først hadde blitt slik, ville han sørge for at de ble tatt skikkelig hånd om.

Midtbyen Legesenter lå ved siden av restauranten O'Leary's, en rødbrun mursteinsbygning med grønne persienner foran store vindusfasader. Selve legesenteret var i en mørk og intetsigende betongbygning.

Frank tok seg selv i å bli overrasket da han ble møtt av en mann. Han presenterte seg som Hans Bergmann. Vel inne på kontoret dro Frank frem en håndskrevet fullmakt fra Rachel som innebar at han kunne få svar på absolutt alle spørsmål han stilte.

«Jeg antar, svarte Bergmann etter å ha kikket på fullmakten, at du vil høre min faglige vurdering angående den knekte nesen og sexleketøyet?»

Han kikket på ham med to krystallblå øyne som kontrasterte en kullsort piggsveis på et bredkjevet ansikt.

Frank nikket bekreftende.

«Vel, etter å ha studert røntgenbildene er det vanskelig for meg å forstå hvordan den skaden kan ha oppstått ved en ulykke. Mest sannsynlig ble hun slått, eller i det minste truffet av et objekt på størrelse med en knyttneve i stor fart. Når det kommer til det faktum at hun har vondt når hun går på do ... undersøkelsen jeg foretok er konsistent med voldelig penetrering. Det er simpelthen ikke mulig å ...»

«... pådra seg den typen skader med en sexpartner som utviser forsiktighet?»

«Nettopp. Har du snakket med andre?»

«Tro meg, det har jeg. Har du noe imot å bli sitert i artikkelen?»

«Neida, så lenge det er greit for Rachel.»

Frank tok ham i hånden og reiste seg.

«Takk for at du tok deg tid!»

«Takk selv, for at du skriver om et tema som politiet ikke gjør noe med.»

. . .

De to fremmede gav hverandre en rask klem før Frank forlot kontoret.

Klokken 21:59 tikket det inn en epost til Kurt Hammer fra Frank Hansen, og ti minutter senere satte han i gang med å skrive.

På et møterom i Trondheim Politistasjon hadde hele etterforskningsavdelingen med ansvar for Blekstad- og Jansrud-sakene endelig fått tid til å samles. Rundt et langbord hvis eneste dekorasjon var en metallkanne med kaffe satt kriminalinspektør Roy Dundre, kriminalbetjent Line Hansen, samt kriminalbetjentene Martin Skår og Brede Wiberg.

«Så,» begynte Dundre. «Status for øyeblikket er at den mistenkte, Olya Volkova, indirekte har tilstått drap på begge mennene, men bare kan knyttes bevisteknisk til drapet på Jansrud. Vi må sjølsagt late som om vi har bevis for begge drapene når vi får hu inn til avhør. Line, du har nettopp vært på sykehuset. Kan du oppdatere oss?»

Alle øynene i rommet falt på Line. Hun var ikke barmfager, men likevel vakker, med symmetriske ansiktstrekk. I stunder som denne følte hun vekten av å jobbe i et mannsdominert miljø.

«Hu var våkna når eg var der, men eg fikk ikkje sett hu. Overlegen sa at hu fikk et eller anna angstanfall. Han kunne ikkje si om det var på grunn av operasjonen, men han regna med at det kom til å gå over. Sånn eg forstod det kunne vi henta hu om et par uker.»

Dundre noterte og tenkte seg om en stund før han sa;

«Vel, la oss håpe at hu er både fysisk og psykisk stabil nok til å bli avhørt innen da. Som vi alle veit befant hu seg på Thon Hotell Trondheim da det ble sprengt i lufta av gærningen. Martin og Brede, har dere funne noen sammenheng mellom sakene?»

«Dessverre.»

Martin og Brede så, i hvert fall på avstand, ut som to tvillinger.

Martin hadde svart hår, Brede var blond, men de var jevngamle, brukte like mye tid på gymmen hver dag og hadde begge en hang til grå Armani-dresser når de ikke gikk i uniform. Begge gikk ut fra politihøgskolen i Bodø samme år, og kom inn i kriminalavsnittet etter bare fem år i tjeneste.

«Olsen sier at gærningen nekter å uttale seg uten advokat. Han skal visst ha pressekonferanse i kveld. La oss håpe at han klare å få nå fornuftig ut av han med advokat til stede.»

Harry Olsen, en av trondheimspolitiets etterforskere med lengst fartstid, satt i avhørsrom to på politistasjonen og studerte Erik Larsen. Fyren hadde forandret seg fra bildene i politiets database, men ikke mye.

Selv med milimeterklipp og hawaii-skjorte avslørte de grove trekkene og det tomme blikket en person som hadde en lang kriminell løpebane.

«Kan du forklar meg hvordan ei sikkerhetsvakt på Værnes, Stieg Homme, blei oppdaga myrda på kontoret sitt etter at du kom ut derfra?

Olsen forsøkte så godt han kunne å skjule hva han følte for personen han satt ovenfor.

«Selvforsvar.»

Olsen satte kaffen i halsen og sprutet litt på avhørsbordet. Den røde lampen på veggen sluttet å lyse idet foten glapp et øyeblikk fra opptakspedalen under bordet.

«Hva sa du?»

«Selvforsvar,» gjentok Erik rolig.

«Kan du gjenfortell hva som skjedde?»

«Han sa at han måtte snakke med meg før jeg kunne få reise. Jeg fulgte med på kontoret, hvor han forsøkte å skalle meg ned. Du kan spørre han journalisten, han kan bekrefte at jeg var skadd.»

«Hvorfor gikk du, og flyktet fra politiet?»

«Visste jo at dere ikke ville tro på meg. Jeg har trossalt sittet inne før.»

«Du forstår at påtalemyndigheten vil ha vanskelig for å tro på den historien, sant?»

Stillhet.

«Vel, over til en anna ting. Grunnen til at vakta dro deg med på kontoret er nok at vi har fått inn tips om at en person som ligna deg ble sett rett ved Trondheim Torg rett før det gikk i luften. Hva har du å si til det?»

«Jeg sier ingenting mer før jeg har fått oppnevnt en advokat.

«Ja vel, har du noen formeninger om hvem …?»

«Tor Erling Staff.»

Harry Olsen sperret øynene opp.

«Det … er tatt til etterretning. Intervjuet er avsluttet klokka 17:05.»

Nesten umiddelbart kom det to høyreiste politibetjenter inn i rommet og satte håndjern på Erik Larsen. Harry Olsen røsket seg i sitt mørkebrune, krøllete hår, tok en stor slurk kaffe og reflekterte over tingenes tilstand. Tor Erling Staff – var ikke han langt over sytti år? Mediene kom i alle fall til å elske det.

En telefonsamtale og et par timer senere satt kulturredaktør Mathias Kristensen på avhørsrom to. Han hadde dusjet, men det røde håret hans stod fortsatt i alle retninger. Bortsett fra en hoven underleppe kunne ikke Harry Olsen legge merke til noen større skader etter sammenstøtet med Erik Larsen.

«Du er en tøff jævel, hæ?»

«Vel, det var godt at dere kom når dere gjorde, ellers kunne det ha gått langt verre …

Erik Larsen er en mann man ikke kødder med. Det faktum at du ikke er verre skadd tyder på at han kan ha pådratt seg noen skader. Klarer du å huske om han var skadet når du fløy etter?»

De grønne øynene til Mathias flakket rundt i rommet en stund.

«Jeg husker at han blødde kraftig fra et ben.»

«Husker du hvilket?»

«Nei, dessverre. Det kan hende han var skada på overkroppen, men det fikk jeg ikke med meg.»

«Hm, interessant! Tror du skadene kan ha hatt noe å gjøre med krasjet?»

«Ja, det var det første jeg tenkte på. Sku dem ha hatt noe å gjøre med noe annet?»

«Det ... her i politiet liker vi å holde alle muligheta åpne! Men jeg har egentlig fått vite alt jeg trenger fra deg. Takk for at du kom på så kort varsel!»

«Det skulle bare mangle! Jeg håper dokk finn beviser nok til å arrestere ham.»

Idet Mathias Kristiansen hadde forlatt avhørsrom to ringte Harry Olsen til fengselet og beordret fullt søk og fotografering av alle skader på Erik Larsen.

KAPITTEL SEKSTEN

TIENDE FEBRUAR 2012

Da datteren til Oleg Abakumov kom til verden var han lykkeligere enn han kunne husket å ha vært noensinne tidligere. Den lange, svakt lutryggede mannen som ville ha vært to meter med rak rygg holdt den lille kroppen med sammenknepne øyne og nøyaktig samme ørnenese som ham selv opp i luften med sine sterke hender og svingte henne rundt i luften.

«Du skal hete Anastasia,» sa han mens en tåre rant nedover hans kraftige kinnben.»

«Hun er sulten, gi henne til meg,» sa Anna.

Hun lå utmattet i en sliten sykeseng på det europeiske medisinsenteret i Spiridonyevski gate fem, Moskva, og så med trøtte øyne på at mannen hennes var over seg av glede.

Rolig gikk han bort og la henne trygt i armene til den sorthårede moren. Hun stirret ømt på ham med sine grønne øyne idet hun la datteren sin inntil brystet.

«Etter bestemoren?»

«Etter bestemoren,» svarte han lykkelig.

Senere, da de ankom den lille treroms-leiligheten sin i det falleferdige Yogozapadnya-nabolaget inne i sin Lada Nova, så hun på ham og sukket. Den røde leppestiften på hennes volumøse lepper stod i sterk kontrast til det grå interiøret utenfor det gråhvite leilighetskomplekset med skjøre vinduer.

«Jeg er redd,» sa hun.

Han så på henne, litt forfjamset. Selv med falsk pels så hun trygg og sterk ut, mer italiensk enn russisk med sitt skulderlange, ravnsvarte hår som innkapslet et rundt hode over to store bryst.

«For hva?» spurte han.

«Jeg elsker deg, men vi kan ikke fortsette slik som dette. Du har ingen jobb, og nå har vi en datter å forsørge.»

Han hadde vært butikksjef for et stort kjøpesenter, og hadde hatt ansvar for over femti ansatte. Akkurat den dagen han var blitt sagt opp etter at senteret ble overtatt av en eller annen ansiktsløs organisasjon, fikk han vite at hun var gravid. «Det kommer til å gå bra,» hadde han sagt, de samme ordene som kom ut av ham nå. Hun sukket igjen, åpnet døren og steg ut av bilen. Hun fortsatte bortover den forsøplede gressplenen mot inngang 14c uten å se seg tilbake.

Alle inngangene her var like monotone; en grå dør av metall prydet med nummer. Samtidig inneholdt fasadene ingen informasjon om hvem som bodde hvor, noe som gjorde dem omtrent like anonyme som hennes stilltiende befaling om å finne en løsning på problemet.

Han tittet på armbåndsuret sitt; kvart over fire. Nå måtte vel Igor Vasilev ha stått opp?

Ett kvarter senere parkerte Oleg Abakumov sin gråhvite Lada Nova foran en falleferdig trebygning malt i et ubestemmelig fargespekter mellom gult og grønt. Tomten og huset måtte ha sett majestetisk ut en gang for tretti, førti år siden; nå var tomten overgrodd av gress og dominert, foruten huset, av et gigantisk eiketre som hadde vokst på en slik måte at det var umulig å se hvor huset begynte og treet sluttet.

Før han gikk ut av bilen tok Oleg en rask titt i speilet. Han hadde snauklipt, brunt hår på toppen av et rundt ansikt, brune øyne og tredagersskjegg som dekket størsteparten av den nedre delen av ansiktet. Han så kanskje litt trøtt ut, men det fikk bare være.

Oleg gikk med forsiktige skritt mot dit hvor han visste at inngangen lå; ett feilaktig steg og han risikerte å tråkke på knuste vodkaflasker eller sprøytespisser gjemt i gresset. Den blå døren av tre knirket idet han la hånden på det rustne dørhåndtaket og dro den mot seg.

«Hallo?»

Om utsiden av huset speilet Igors ytre, speilet innsiden hans sjel. Gangen var dekket av beiset tre og blå tapet, og selv om gulvet var skjevt, fantes ikke et støvkorn noe sted. Klærne, for det meste i skinn eller lær, hang på rad og rekke.

«Vi sitter her inne.»

Stemmen kom fra spisestuen. Oleg tok av seg sine falske Nike-sko, satte dem på

skohyllen og gikk inn i spisestuen.

Igor Vasilev var en stor mann, det hadde han vært så lenge de hadde kjent hverandre.

Han raget som regel et hode eller to over alle han støtte på. Med sitt glattbarberte hode og hang til importerte cubanske sigarer hadde han et utseende som avkrevde respekt. Akkurat nå satt han med ryggen mot gangen og holdt på å bli massert av en av de unge elskerne som fulgte ham som et haleheng hvor enn han gikk.

Oleg kunne ikke la være å stirre på rumpen til den blonde kvinnen som umulig kunne være mer enn tjuefem.

«Irya, forlat oss. Vi må snakke mann til mann,» hørte han ham si.

Den blonde snudde seg og forlot dem umiddelbart. Oleg stirret ned i gulvet, av frykt for å møte øynene hennes.

«Kom, min venn, sett deg!»

Oleg gikk bort til Igor og satte seg på andre siden av et rustikt spisebord i beiset tre.

«Hva kan jeg hjelpe deg med?»

Igor tok et grundig trekk av cubaneren han holdt i hånden og førte den ut av munnen med en grandios bevegelse.

«Jeg er blakk. Jeg ble nettopp far til en datter. Jeg trenger en jobb. Hva som helst.»

Igor smilte.

«Gratulerer, gamle venn, gratulerer. Jeg har dessverre ikke så mye akkurat nå. Når jeg tenker meg om ... du var mye med faren din på jakt, var du ikke?»

«Jo, jeg går fortsatt på jakt om høsten og vinteren.»

«Ah, bra. Det viser seg ...»

Et nytt trekk fra sigaren. Han hodet hans forsvant, alt som kunne ses gjennom røyken var den billige, brukte dressen med striper og det lilla lommetørkleet som lå i brystlommen.

«... at jeg har et problem du kan hjelpe meg med. En prest i Frelseren Kristus katedralen har gjort det til sin oppgave å konvertere mange av mine medarbeidere. Jeg har ikke noen vendetta mot Gud ...»

Han tok et kors av gull som hang rundt halsen hans opp til munnen og kysset det.

«... men hvis mine medarbeidere ikke utfører jobben sin blir det et problem. Hvis du hjelper meg med å få presten til å forsvinne, vil jeg belønne deg rikelig. Kall det en vinn-vinn-situasjon.»

Oleg sukket. Han hadde sett for seg mye, men ikke dette. Hånden hans knuget rundt korset han bar på i lommen.

«Jeg ... gi meg litt tid til å tenke på det.»

«Selvfølgelig! Men ikke tenk for lenge. Jeg vil ikke at datteren din skal sulte i hjel.»

Oleg bukket og gikk til bilen med uforrettet sak.

Han satt i bilen og tenkte.

Orker jeg å dra hjem? Nei. Jeg drar og snakker med presten min!

Ti minutter senere hadde han parkert foran Kirken til forbønnen på Fili, i Novozavodskaja-gaten. Kirken minnet ham om en form for pyramide, der den strakk seg mot himmelen i seks etasjer, prydet med små løkformede kupler av gull. Mange av vennene hans fra andre steder i Moskva syntes den var stygg, eller i hvert fall ikke særlig fin, fordi den var bygget i murstein.

Men Oleg elsket den, for ham var den den fineste av alle kirkene i hele Moskva. Her var han døpt, og her hadde han lært Gud å kjenne.

Heldigvis, viste det seg, var presten hans på jobb. Fader Aleksandr var bøyd i bønn foran alteret i gull, flankert av et relieff som forestilte Jesu siste måltid med sine disipler.

Da Aleksandr endelig reiste seg, falt solstrålene gjennom kirkevinduet og fikk hans røde bøttehatt til å fremstå som en rubin som kontrasterte hans svarte kjortel.

«Oleg, min sønn. Hva bringer deg på disse kanter utenom messe?»

«Jeg trenger å snakke, fader.»

«Skrifte, eller bare snakke?»

«Det er ikke noe jeg har gjort, men noe jeg er i ferd med å gjøre.»

«La oss sette oss i solskinnet utenfor.»

«Ja vel, fader.»

Den gamle presten brukte flere minutter på å gå ut av kirken. Da han endelig fikk satt seg på en av de rødmalte benkene utenfor lurte Oleg på om han hadde foreslått å gå utenfor bare for å se om han fortsatt var i stand til å pådra seg en slik fysisk påkjennelse. Hans grå skjegg nådde ham ned til føttene når han satt.

«Så, min sønn, hva ville du snakke med meg om?»

«Hvis du hadde valget mellom å fornedre Gud eller se på at de du var mest glad i visnet vekk, hva ville du ha gjort?»

«Min sønn, noen ganger stiller Gud oss overfor brutale valg. Ofte er det for å teste hvor sterkt vi tror.»

«Så du mener jeg bør sette mine elskedes liv på spill over blind tro?»

«Det står skrevet i første Mosebok, kapittel 22; «Gud sa 'Ta din sønn, din førstefødte, og gå til Moria-regionen.' Ofre ham der på et fjell jeg viser deg. Tidlig neste morgen sto Abraham opp og lastet sitt esel. Han tok med seg to tjenere og sin sønn Isak. Da han hadde kuttet nok ved til ofringen, satte han i vei til stedet Gud hadde fortalt ham om. På den tredje dagen så Abraham opp og fikk øye på stedet i det fjerne. Han sa til tjenerne, 'Bli her med eselet mens jeg og Isak drar over dit. Vi vil be, for deretter å komme tilbake til dere.'

Abraham tok veden til ofringen og gav den til sin sønn Isak, mens han selv bar ilden og kniven. Mens de to gikk sammen, sa Isak til sin far, 'Far?'

'Ja, min sønn,' svarte Abraham.

'Veden og ilden er her,' sa Isak, 'men hvor er lammet til ofringen?'

'Gud vil selv sørge for lammet til ofringen, sønn,' svarte Abraham.

Da de nådde plassen Gud hadde fortalt om, bygget Abraham et alter der og la veden oppå. Han bandt sin sønn Isak og la ham på alteret, på toppen av veden. Så tok han ut kniven for å slakte sin sønn. Men Herrens engel kalte ut til ham fra himmelen: 'Abraham! Abraham!'

'Her er jeg,' svarte han.

'Ikke legg en hånd på ham,' sa engelen. 'Ikke gjør noe med ham. Nå vet jeg at du frykter Gud, fordi du ikke har holdt tilbake din førstefødte.»

«Gud vil alltid sørge for deg og dine hvis du er trofast.»

Oleg ristet på hodet.

«Da får Gud heller ta imot min unnskyldning for det jeg er i ferd med å gjøre.

Han kysset Aleksandr på kinnet, reiste seg og fikk med bestemte skritt mot bilen.

Da han kom tilbake satt Igor med føttene på en skammel og så ut av det nesten av røtter tildekkede stuevinduet. Han dampet på en ny sigar. På stuebordet lå en intetsigende mobiltelefon.

«Jeg gjør det.»

«Det visste jeg du ville,» svarte Igor.

Han pekte på telefonen.

«Ta den. Det er en kryptert telefon, av typen Blackphone. Jeg sender deg detaljene.

Oleg tok den, gav sin gamle venn et kyss på kinnet og gikk tilbake til bilen.

Mer målbevisst enn han hadde følt seg på lenge kjørte han tilbake til leiligheten, Anna og Anastasia.

Han tenkte. Den svartmalte heisen med stålgitter skranglet og rumlet idet den langsomt førte ham opp til åttende etasje. *Det jeg er blitt bedt om å gjøre er forferdelig,* tenkte han. *Men kanskje kunne vi flyttet ut, til et sted mer egnet til å oppdra et barn. Gud kan ikke love oss beskyttelse eller en inntekt. Ikke her.*

Oleg hadde mistet flere nære venner til overdoser, blind vold, overgrep og kulde. *I Russland,* tenkte han, *må enhver stakkars sjel sørge for seg selv.*

«Hallo?»

Ingen svarte. Han tok av seg skoene og satte dem inn i den billige hyllen av imitert Mahogni som var plassert under et speil i den lille gangen som forbandt rommene i den lille leiligheten. Gangen var belagt med oransje vegg-til-vegg-teppe med brune trekanter i midten. Oleg hatet det, men hadde ikke råd til å bytte.

Anna satt på kjøkkenet. Hun drakk kullsvart te, matet Anastasia og hadde dagens avis spredt ut foran seg på det lille spisebordet av plast langs den ene kortveggen av deres kjøkken som var akkurat stort nok for to voksne personer.

«Kommer du med penger?»

Hun så ikke opp.

«Jeg kommer med bud om bedre tider.»

Han satte seg ned foran henne på den ledige, svarte krakken av plast på andre siden av bordet.

«Hva har du gjort nå?»

«Det er ikke hva jeg har gjort, det er hva jeg skal gjøre. Du elsker meg uansett, ikke sant?»

«I Russland er hver sjel ansvarlig for sin egen skjebne. Vi kan ikke leve bare på luft og kjærlighet.»

«Jeg vet det, kjære, jeg vet det.»

Han reiste seg, gikk rundt bordet og kysset henne.

Neste morgen våknet han klokken kvart på fem av at en melding tikket inn på Blackphonen hans.

«Sergej Iljavitsj Blok.»

Navnet var etterfulgt av et bilde. Presten lignet på en yngre utgave av fader Aleksandr, med kullsvart skjegg, rød bøttehatt og øyne sorte som kull. Et par høye kinnben fikk ham til å se elegant ut.

Oleg antok at han måtte være på jobb eller på vei dit, siden han fikk meldingen nå.

Heldigvis hadde ikke Anna merket noe – hvis han var hurtig kunne han rekke å være tilbake før hun stod opp. Han stakk innom kjøkkenet på vei ut av døren og plukket med seg et par kjøkkenhansker og en kjøkkenkniv i rustfritt stål.

Et øyeblikk vurderte han å ta med seg sin Mosin-Nagant M91/30 PU Sniper som han hadde arvet etter sin far, men fant raskt ut at han ikke ville ha tid til å finne et egnet sted å skyte fra. Det fikk bli til neste gang.

Ute høljet det ned, derfor hastet han inn i den gråhvite Lada Novaen parkert på fortauet utenfor. Han hadde tatt på seg en svart frakk med stor krage og en brun fedora, og håpet det ville være nok til å skjule seg om noen skulle få øye på ham.

Ti minutter senere parkerte han utenfor Yugo-Zapadnaja-metrostasjon. Den hvite betongbygningen var sannsynligvis en av de kjedeligste stasjonene på Sokolnitsjeskaja-linjen, og Oleg så for seg at Ja Tatarzhinskaja ikke kunne ha fått mye betalt for å designe stasjonen på sekstitallet.

Han løp raskt over gaten, og fem minutter senere stod han åtte meter under bakken midt mellom to rader med hvite betongkolonner. Hele stasjonen var tom, bortsett fra et par dresskledde menn med stresskoffert, tilsynelatende på vei til jobb.

Snart stod han i Volkonka-gaten og fulgte gatelysene og den store, gullforgylte, løkformede kuppelen frem til nr. femten.

Han kikket på Blackphonen. Displayet viste 05:45. Den store alleen frem til kirken var praktisk talt tom, bortsett fra noen prester og noen fromme som tilsynelatende skulle på morgenmesse. Oleg satte seg på en av de brune benkene langs alleen. Han kikket på bildet av Sergej igjen. Hvordan skulle han finne ham?

Han bestemte seg for å gå sakte mot kirken mens han tok en grundig kikk på prestene han gikk forbi.

Vent, der kom det en taxi! Kunne det være ... nei, grått skjegg, for gammel. Her var en med bøyd nese, der en med blå øyne. Ingen så helt ut som mannen på bildet.

Til slutt bestemte han seg for å gå rundt hele den hvitkalkede bygningen før han gikk inn. *Ja, den er fin,* tenkte han. *Men det er synd at det ofte er den eneste kirken turister får med seg når de kommer til Moskva.*

Omsider fant han ham, sittende i regnet alene på en benk bak den enorme kirken. Oleg gikk rolig bort og satte seg ved siden av ham. Det svarte skjegget minnet om våt ull som strakk seg langt ned på magen til den unge presten.

«Hvorfor sitter du her ute i regnet alene, fader?

«Gud skapte regnet for at det skulle gi liv til alt på jord. Hvorfor skulle jeg ikke kunne nyte det?»

«Du er jo ikke ordentlig kledd, fader. Du kan bli syk! Her, la meg hjelpe dem ...»

I løpet av brøkdelen av et sekund lot han kjøkkenkniven sin gli ut av frakkelommen og inn i siden på presten. Han gav fra seg et stønn, sank sammen og skulle til å reise seg. Oleg hev seg rundt, holdt ham nede og kjørte kniven inn i hjertet. Hendene var blodrøde nå, og inne i seg bannet han fordi han hadde glemt å ta på seg kjøkkenhanskene.

Det fikk ikke hjelpe, han måtte holde seg rolig. Han tok ut korset sitt, kysset det, la det på pannen til presten og gjorde korsets tegn over sitt eget bryst.

«I faderen, sønnen og den hellige ånds navn, tilgi meg for denne synden. Amen,» hvisket han.

Han trakk raskt til seg hånden til presten og skar av to fingre. Han pakket dem forsiktig inn i den ene kjøkkenhansken og la dem i frakkelommen.

Hjemme i leiligheten hadde Anna ennå ikke stått opp. En søvnig stillhet lå som et slør over leiligheten, som om tiden hadde stått stille mens han var borte.

Han listet seg inn på det lille kjøkkenet, tok ut kjøkkenhanskene fra lommen og la dem på det lille kjøkkenbordet. Deretter tok han ut de fortsatt blødende fingrene, la dem på hanskene og fotograferte dem med Blackphonen. Han sendte bildet til nummeret han hadde fått meldingen fra.

Deretter tok han fingrene med på badet, åpnet toalettet og kastet dem ned i skålen før han trakk opp. *Ikke pokker om jeg beholder bevismateriale,* tenkte han.

Han vasket hendene sine i den lille, runde porselensvasken foran speilet. Vannet ble blodrødt, den umiskjennelige lukten av jern spredte seg i neseborene hans.

Til slutt gikk han tilbake til kjøkkenet, hentet kjøkkenhanskene, tok dem med på badet og kuttet dem i strimler med kniven. Deretter trakk han opp toalettet igjen.

Deretter gikk han tilbake i gangen, tok av seg frakken og gikk inn på soverommet hvor han sørget for å legge klærne nøyaktig slik de hadde ligget før han stod opp. Endelig la han seg tilbake i dobbeltsengen og sovnet nesten umiddelbart.

Han våknet til et kyss på kinnet fra Anna.

«Beklager at jeg har vært vrang, men jeg bekymrer meg for fremtiden til Anastasia.»

«Du trenger ikke bekymre deg mer. Jeg har sikret fremtiden hennes.»

«Hva har du gjort?»

«Det spiller ingen rolle. Vi trenger ikke bekymre oss mer.»

Oleg la merke til at han hadde fått en ny melding på Blackphonen. Han plukket den opp fra nattbordet og så; «Godt jobbet! Sjekk kontoen din.»

«Bli her,» sa han. «Jeg stikker og kjøper frokost til oss.»

Utenfor den lokale Lenta-butikken sjekket han saldoen sin på en gammel, forslått bankautomat. Øynene hans ble våte idet han innså at den lille familien ikke kom til å trenge å tenke på penger mer det neste halve året.

På vei gjennom butikken plukket han med seg en flaske Chianti Classico for å feire. Da han stod i kassen for å betale tenkte han for seg selv;

Jeg har gjort det jeg måtte for å redde familien. Er våre liv virkelig verdt mindre enn det til presten?

Han så opp i taket et øyeblikk og gjorde korsets tegn på brystet. Vel innenfor døren hjemme dukket det opp en ny melding på mobilen.

«Du må dra til Norge. Flyet drar i morgen – billettinfo ligger vedlagt. Du får mer informasjon når du lander.»

Da Anna kom inn på kjøkkenet hadde Oleg satt frem ristet brød, eggerøre, te og Chianti.

«Hvor er Anastasia?

«Hun sover, vozljublennij. Hvordan har du fått råd til alt dette? Du har vel ikke gjort noe ... for han?»

Oleg satte seg med et sukk.

«Jeg hadde ikke noe valg, vozljublennij.»

Anastasia satte seg ned på den andre siden av bordet, tok noen blader med te i en kopp, helte i varmt vann og drakk et par slurker før hun konkluderte.

«Så lenge du ikke forteller meg hva du gjør.»

«Jeg må til Norge i morgen.»

Hun gav ham et lamslått blikk.

«Til Norge?! Skal du forlate oss?»

«Jeg lover å komme tilbake i løpet av uken.»

«Lover du det?»

«Jeg lover.»

Han gikk bort til henne og gav henne et lidenskapelig kyss.

Da Oleg hadde satt seg til rette i Stille-kupeen på NSB-toget fra Værnes flyplass klokken 11:05, kunne han kjenne Blackphonen vibrere i frakkelommen. Da han tok den ut for å se på meldingen som var ankommet, fikk han se et bilde av en mann med skulderlangt, rufsete hår, fedora og en sigarett hengende ut av kjeften. Oleg syntes han lignet på en amerikansk skuespiller han hadde sett i en film en gang om en fyr som fikk ødelagt teppet sitt og ble forvekslet med en millionær.

«Navn: Kurt Hammer

Sted: St. Olavs Hospital,» stod under bildet. Oleg grøsset for seg selv. Hvis fyren var innlagt på sykehus kom dette oppdraget nesten til å bli for enkelt.

Et kjapt søk på nettet med Blackphonen konstaterte at Hotel St. Olav lå nærmest sykehuset. *Ingen kommer til å mistenke at jeg befinner meg rett ved sykehuset,* tenkte han.

Derfor gikk han rett bort til en taxi ved utgangen av Trondheim Sentralstasjon og sa på gebrokken norsk «Mauritz Hansens gate 3».

«Det skal bli,» sa sjåføren, som så ut som om han kom fra India eller Pakistan, med sjokoladebrun hud, kullsvart vannkjemmet hår og kraftig skjeggvekst. Skal du besøke noen på sykehuset?

«Hø? Я не говорю по-норвежски!» *Jeg snakker ikke norsk.*

Sjåføren så mistenkelig på ham.

«Skal du besøke noen på sykehuset?» spurte han på trønder-engelsk.

Stillhet.

«Faktisk. Han er ... gammel venn.»

Det første Oleg la merke til i Trondheim var trafikken. *I Moskva er det trafikkorker hele tiden,* tenkte han. *Her flyter trafikken lett og ledig.* I tillegg var husene bemerkelsesverdig lave. Her fantes ikke skyskrapere, så vidt han kunne se. Fasadene her var fine, det var ikke nedslitte fasader på annethvert gatehjørne som i Russland. De fleste folk så ut til å gå i, om ikke dyre, så hvert fall ikke billige klær. *Jeg er definitivt ikke hjemme lengre,* tenkte Oleg.

«Velkommen til Norge,» sa sjåføren idet han parkerte foran det som så ut som et stort leilighetskompleks malt i hvitt med rød bunn og store vindusfasader.

«Takk, jeg vil trenge det,» sa Oleg idet han gikk ut av bilen i silende regn.

Det første han gikk forbi på vei inn i resepsjonen var et abstrakt maleri av kunstneren Pramila Giri. Så vidt han kunne forstå dreide det seg ikke om annet enn et par røde, en oransje, en lilla og en blå stripe på en mørkeblå bakgrunn. Han hadde aldri forstått seg på abstrakt kunst, men fargene passet på den hvitkalkede veggen i yttergangen her, syntes han. Selve resepsjonen var innredet som en slags liten stue, komplett med peis, flatskjerm-TV og sofakrok. Langs det ene vinduet stod to grønne designerstoler på hver sin side av et bord med lampe og en liten potteplante. Inne i resepsjonen grøsset han over at taxiregningen kom på like mye som en halv gjennomsnittlig ukelønn i Russland. Han gledet seg ikke akkurat til å finne ut av hva hotellregningen ville komme på.

Oleg skaffet seg rom i øverste etasje. Rommet viste seg å være sparsommelig innredet med dobbeltseng, to grønne lenestoler, flatskjerm-TV og lysebrune gardiner. TV-en var det eneste som virkelig imponerte, men han brydde seg ikke nevneverdig. Han kom ikke til å bruke mye tid her uansett.

Da han hadde fått satt fra seg stresskofferten med noen få klær og sin Mosin-Nagant M91/30 PU Sniper ved siden av sengen og tatt en forfriskende dusj, bestemte han seg for å trosse regnværet for litt rekognosering. Annet enn en kirkebygning med et høyt spir, kunne han ikke huske å ha sett noen høye bygninger fra taxien.

Nede i resepsjonen sjekket han Blackphonen, og det viste seg at den høyeste bygningen i Trondheim, bortsett fra kirken, var hotellet Scandic Lerkendal som lå en kort gåtur unna. Et kvarter senere hadde han passert den lokale fotballstadion (den var merkverdig liten, bemerket han for seg selv), og stod foran en syttifem meter høy gråhvit bygning med mørke vinduer som minnet ham om brikker i et berømt russisk spill, Tetris, som han hadde spilt på barneskolen.

Der og da tok han en avgjørelse: han fisket ut Blackphonen av frakkelommen og tastet hurtig inn en melding.

«Fiks rom på Scandic Lerkendal Trondheim, øverste etasje.»

En time senere befant han seg foran Bakke kirke på Solsiden i Trondheim. Den rødmalte kirken med karamellfargede lister og lysegrønt spir huset Trondheims eneste russisk-ortodokse menighet. Da Oleg kom var kirken tom, bortsett fra en enslig prest som satt på fremste benkerad.

«God dag, er det du som er fader Dima?»

«Ja, det er visst det. Og du må være Oleg?»

«Stemmer.»

«Du er kommet for å skrifte?»

Dima så spørrende på ham med et par intense, blå øyne under en lilla hatt. Han hadde et rødlig skjegg som gikk ned på magen.

«På sett og vis, ja.

«Hva er det som plager deg, min sønn?»

«Jeg har drept en sønn av Gud. Ikke bare en sønn av Gud, men en av hans trofaste tjenere. Jeg var desperat, og gjorde det for å redde min kone og datter.»

«Min sønn, det er enkelte ting selv ikke den allmektige Gud kan tilgi. Ikke uten anger og offervilje.»

«Jeg angrer på at jeg har latt meg bruke som våpen ut fra grådigheten i mitt hjerte. Og jeg angrer på at jeg skal gjøre det igjen.»

Dima sukket.

«Du kan fortsatt snu, selv i skyggenes dal finnes det alltid lys. Hvis du virkelig angrer vil du snu fordi du innser at stien du går på er mørk og kald.»

«Beklager, fader, men hvis jeg gir meg nå er jeg en død mann.»

«Så ofre deg for det du tror på!»

«Spiller det noen rolle for Gud hvem som dør?»

«Det som spiller noen rolle er hva du gjør med tiden du har fått på jorden.»

«Jeg vil bruke tiden min på å overleve.»

Oleg trakk frakken tettere om seg idet han forlot kirkerommet til fordel for det øsende regnværet utenfor.

Idet han kom tilbake til Hotel St. Olav tikket det inn en melding; «Rom bestilt for to netter. Nr 719. Du er sjekket inn under Inkognito.»

En kobberfarget KamAZ 6560-trailer kjørte sakte opp foran det falleferdige huset av tre som tilhørte Igor Vasilev og stoppet. Ut av bilen kom to menn i midten av trettiårene, begge med tatoverte armer, den ene kledd i jeans og militærjakke over en blå pologenser, den andre kledd i en brun skinnjakke over en treningsdress av merket Adidas. Begge hadde svarte militærstøvler på bena, og gikk uten å nøle rett bort til huset.

Inne i stuen satt Igor Vasilev og hørte på indisk musikk fra høyttalere montert i hjørnene, samtidig som han satt på en matte på gulvet med bena i kors. Han var kledd i en blå treningsdress og hadde en importert cubaner i munnviken.

«Ah, dere er tilbake,» sa han da de to mennene troppet opp i stuen hans.

«Ja, det er godt å være tilbake i moderlandet,» sa mannen i skinnjakken. Han var høyest av de to.

«Har dere noe å rapportere?»

«Vel, alt gikk som planlagt. Men da vi hadde nådd grensen til Finland hørte vi rykter ...»

«Rykter?»

«Ja, om at ting ikke gikk som planlagt. Operasjonen ... de hadde en muldvarp blant seg, og han gikk tydeligvis berserk. Han drepte nesten samtlige, og de som ikke ble drept ble tatt av purken.»

«Hm ... interessant. De ryktene nådde meg også.»

Et sleskt smil bredte seg over Igors fete lepper.

«Jeg ville bare høre dere si det.»

«Vi kunne ikke noe for det, det skjedde etter at vi var dratt.»

«Vel, nå har vi et problem, har vi ikke?»

De to mennene så på hverandre.

«Jo, det har vi.»

«Heldigvis har jeg bestemt meg for at jeg skal ta meg av det.»

«Virkelig?»

«Virkelig. Det var tross alt ikke deres feil. Men ikke dum dere ut igjen. Hvor er de andre?»

«De er allerede dratt for å hente mer.»

«Godt, godt. Dere kan dra og hjelpe til.»

Akkurat idet de to mennene skulle til å returnere til gangen de kom fra, ble de truffet i bakhodet i rask rekkefølge. De sank sammen og landet oppå hverandre, livløse som et par potetsekker.

KAPITTEL SYTTEN

TRETTENDE FEBRUAR 2012

AV ALLE TING KURT HAMMER KUNNE HA FORVENTET Å VÅKNE OPP TIL NESTE DAG, var ikke et kyss på kinnet av Felicia på listen.

«Kurt, jeg leste gjennom saken, den er fantastisk!»

«Takk, jeg er ikke så rent lite begeistret selv, men det er Frank som har gjort grovarbeidet.»

«Jeg sendte ham en melding,» svarte hun begeistret.

OLEG HADDE STÅTT OPP GRYTIDLIG DENNE DAGEN. Etter mye frem og tilbake kvelden i forveien hadde han kommet frem til at det ville være for risikabelt å spørre etter Kurt Hammer.

Derfor hadde han stått opp klokken syv og tatt på seg en cowboyhatt innkjøpt på flyplassen og trukket den godt nedover pannen før han hadde lokalisert resepsjonen på St. Olavs.

Den halvfeite damen i førtiårene med bollesveis hadde vært så overarbeidet – Oleg tenkte det hadde noe å gjøre med den nylige terroraksjonen i Trondheim, som man ikke hadde kunnet unngå å høre om på nyhetene i alle kanaler den siste uken – eller så trøtt, at hun ikke hadde leet et øyelokk da han spurte etter akutten, men bare hurtig forklart ham veien og vinket ham vekk.

Rundt klokken ni hadde han installert seg på rom 719 på Scandic Lerkendal. Det første han gjorde var å sette sin Blackphone på fullt volum, for deretter å sette den til å spille Ellens Gesang III, opus 56, nr. 6 av Schubert på repetisjon.

Da det var gjort pakket han ut alle tjuefire delene av sin Mosin Nagant PU 30/91 Sniper mens han monterte dem fortløpende. Helt til sist monterte han del tjuefem, sin egen hjemmelagede lyddemper.

Klokken elleve tjuetre hadde han lokalisert Kurt Hammers rom. Til hans store ergrelse viste det seg at Hammer hadde besøk. Oleg kysset korset rundt halsen, strammet grepet om geværet og trakk inn avtrekkeren.

Kurt Hammer hadde opplevd flere skyte-episoder i sitt liv. Men han hadde aldri blitt skutt

på en slik avstand at han ikke hadde noen anelse om hvor skuddene kom fra. Likevel, da Felicia plutselig skrek ut i smerte, visste han umiddelbart at hun var blitt skutt.

Derfor tok han tak i nakken hennes med begge hender og trakk henne inntil seg.

«Du er blitt skutt. Ligg heilt stille!»

Hun skulle til å åpne munnen for å stille spørsmål, men før hun fikk muligheten til det kysset han henne og førte tungen inn i munnen hennes mens han håpet med hele seg at det ikke ville komme et nytt skudd.

Oleg holdt pusten. Hadde han truffet? Det var ingen bevegelser der nede. Han skjøt igjen.

KURT KUNNE KJENNE HELE KROPPEN TIL FELICIA RISTE IDET HUN BLE TRUFFET PÅ NYTT. Denne gangen ble hele vinduet smadret, og tusenvis av glassbiter forsvant i alle retninger. Han holdt henne tettere inntil seg idet han kunne føle at noen av dem boret seg inn i huden.

ET HALVT MINUTT.

Ett minutt.

Fortsatt ingen bevegelse. Oleg la geværet ned og begynte med å skru av lyddemperen.

ETTER NOE SOM FØLTES SOM EN EVIGHET LØFTET KURT ARMEN OG TRAKK I SNOREN OVER HODET. En rød lampe lyste på veggen foran ham og indikerte at hjelp var på vei.

«Felicia! Er du i live? Hvor ble du truffet?

Hun nikket så vidt.

«I skulderen, to ganger, tror jeg.

Stemmen hennes var tynn og livløs, som om hun snakket i dyp søvn.

Den første som kom inn i rommet var sykepleier Anna. Ett blikk på Felicia, og hun forstod at noe var galt. Hun løp bort og fikk øye på to gapende hull i venstre skulder.

Da hun la merke til at hånden til Kurt var dekket med glassbiter, snudde hun seg og fikk øye på det knuste vinduet.

«Herregud! Hva er skjedd?»

«Vi er hvert fall ikke skutt. Få henne inn til operasjon, og det litt brennkvikt!»

Akkurat idet hun hadde klart å støtte Felicia over dørstokken, kom betjentene Marie og Frank løpende inn omtrent samtidig.

«Herre ... hva?»
«Hva ser det ut som? Hvor var dere?»
De to betjentene så skrekkslagne på hverandre.
«Frank var på toalettet, og jeg hørte faktisk ingenting!»
«Vel, det var bra dere ikke kom, ellers hadde han ikke trodd vi var døde.»
Frank snudde umiddelbart i døren, med en imponerende letthet for en tettbygd mann på to meter.
«Hva skulle han?»
«Antagelig sørge for at du får et nytt rom, fortrinnsvis et som det går an å lytte til.»
Kurt visste at det ikke nyttet å protestere, derfor vinket han henne bare bort og pekte på andre siden av sengen.
«Holy shit! Jeg skal få noen til å komme å se på deg.»

Oleg hadde ikke forlatt rommet sitt på Scandic Lerkendal før han hørte lyden av sirener i nærheten av St. Olavs og innså at hans dyrebare gevær måtte bli igjen i Norge om han skulle han noen mulighet til å komme seg hjem. På vei tilbake til Hotel St. Olav dumpet han stresskofferten i en konteiner langs fortauet.

«UT, UT, DETTE ER ET ÅSTED NÅ!»
Kriminalinspektør Roy Dundre kom inn i rommet med veivende armer. Kurt så på ham med store øyne, men sa rolig:
«Er det alltid sånn du behandler åstedsoffer?»
Dundre skjøt ham et misbilligende blikk.
«Hva er det som skjer?»

«Som du ser, sykepleier Anna her holder på å fjerne glass fra kroppen min. Om du vil ha teorien min, det vil du sikkert ikke, men du får den likevel, så er det ikke så mange steder skytingen kan ha foregått fra. Jeg vil tippe kontorbyggene på Gløshaugen eller Scandic Lerkendal.»

Dundre svarte ikke, men gikk ut uten å si et ord. Fem minutter senere kom han tilbake og henvendte seg til Anna.

«Kan jeg intervjue mens du holder på?»

«For all del, jeg er straks ferdig. Sendte du noen folk oppover?»

«Ingen kommentar, jeg vil ikke at du skal skrive om hva vi gjør i den idiotiske avisen din. Kan du si nøyaktig hva som skjedde?»

Kurt tok seg en demonstrativ kunstpause før han begynte.

«Jeg ble vekket av Felicia, hun kom inn, kyssa meg på kinnet og gratulerte meg med en sak. Hu var vel her i en tjue minutts tid før hu plutselig skrek ut av smerte. Ca. et minutt senere, etter at jeg hadde holdt hu inntil meg og sagt at hu sku holde seg rolig, knuste glasset. Hu ble truffet i skulderen to ganger, sånn jeg forstod det.»

«Du hørte ikke noe skudd?»

«Nei. ikke en dritt. Men det er ikke noen bygninger i nærheten det hadde gått an å skyte fra. Hadde ikke kunnet hørt noe hverken fra Scandic eller Gløshaugen.»

«Tror du det er dem samme som forsøkte å ta livet av deg utenfor domen?»

«Ja, enten dem eller russerne.»

«Russerne?»

«Ja, når fem hundre kilo heroin forsvinn uten fortjeneste må dem jo ha noen å skylde på.»

«Er du snart ferdig her så han kan få kommet seg over på et anna rom?» spurte han Anna.

«Om en time eller to, jeg er redd for at noen av disse sårene må sys,» mumlet hun.

Dundre bannet for seg selv og forlot rommet.

DOKTOR POLSKAYA BANKET PÅ DØREN TIL OLYA VOLKOVA.

«Come in! » *Kom inn!*

«How are you? » *Hvordan har du det?*

Han nærmet seg med rolige og kontrollerte bevegelser.

«They are here? » *Er de her?*

Han nikket.

«But I won't let them pick you up until I know wether or not you're able to walk and I feel certain that your mental health...» *Men jeg vil ikke la dem hente deg før jeg vet om du kan gå, og jeg føler meg sikker på at din mentale helse...*

«I'm not afraid of them anymore. They can't hurt me. Kurt and his friend is helping me. » *Jeg er ikke redd for dem mer. De kan ikke gjøre meg noe. Kurt og vennen hans hjelper meg.*

Polskaya smilte.

«Glad to know you're feeling better. » *Godt å vite at du føler deg bedre.*

«Thank you... for everything. » *Takk for ... alt.*

«Just doing my job. » *Jeg gjør bare jobben min.*

LINE, Roy, Brede og Martin var samlet igjen på et møterom på Trondheim Politistasjon. Stemningen var trykket. Etter fem minutter med stillhet, hvor samtlige tilstedeværende hadde stirret vekselsvis ned i bordflaten og på hverandre, tok Roy ordet.

«Jeg har sendt folk for å gjennomsøke Scandic Lerkendal og kontorbyggene på Gløshaugen for spor. Kurt mente skytingen måtte ha foregått derfra, og selv om jeg hater å innrømme det, tror jeg han kan ha hatt rett.»

«Hvordan går det med betjentene?» spurte Line.

«Dem er sjokka, så klart, men dem ... jeg har sagt at dem kan si fra om dem vil ha en pause, så skal jeg finn noen til å overta. Kurt er blitt flytta til et annet rom.»

«Hva med pressekonferansen i kveld? Bør vi være på den?»

Dundre kastet et lynende blikk på Brede.

«Ikke under noen omstendigheter må dette ut til pressen! Vi vil se helt hjelpeløse ut.

«Har du glemt at Kurt er journalist? skjøt Martin inn. Om ikke han har ringt til redaksjonen alt, kommer han til å gjøre det i løpet av dagen.»

Roy sukket høylytt.

«Vi får vel være til stede på pressekonferansen vi og.»

FRANK HANSEN STOD PÅ BADET MED DATTEREN STINE DA MOBILTELEFONEN RINGTE. Av gammel vane hadde han lagt den lett tilgjengelig på kanten av vasken ved siden av seg. Da den holdt på å dette utfor endte han opp med å kaste en bleie i ansiktet hennes i forsøket på å ta den.

«Faen, Kurt, dette bør være viktig.»

«Hallo?»

«Frank, det er Kurt her. Jeg ville bare si at jeg er blitt forsøkt drept. Så fikk du vite det fra meg først.»

«Herregud, Kurt, hva skjedde? Går det bra med deg?»

«Veit ikke nøyaktig, men Felicia blei skutt i skuldra to ganger. Hu blir operert nå.»

«Kommer hu til å klare seg?»

«Skulle tro det. Hu blir tatt hånd om. Jeg har ringt til redaksjonen, det er noen som holder på å skrive nettsak nå. Skal være pressekonferanse på politistasjonen i kveld, dem skal sikkert nevne det der.»

Frank sukket.

«Sier du det fordi du egentlig ville vært der selv og vil ha meg til å gå i stedet så jeg kan holde deg oppdatert?»

«Hæ? Nei, altså, jeg tenkte egentlig bare at du ville vite om det ...»

«Greit, jeg skal tenke på det. Takk for at du sa fra!»

«Snakkes!»

Kurt la på uten å vente på svar. *Helvete, kunne de ikke bare truffet meg istedenfor Felicia? Antar det ikke er meninga at vi skal møtes helt enda, elskede,* tenkte han idet han tok ut en liten flaske som Felicia hadde hatt med, åpnet den, tok en slurk mens han skålte mot taket og deretter la seg til å sove.

Frank Hansen stod på kjøkkenet i leiligheten sin i Eirik Jarlsgate og ringte til sjefredaktøren i Aftenbladet, Harry Karlsen.

«Hei sjef.»

«Frank!»

«Du, jeg lurte bare på om dere har noen til å dekke pressekonferansen i kveld. Du skjønner, Kurt ringte, og så ...»

«Jeg skulle faktisk ring deg. Jeg veit jo at du egentlig har perm, så jeg nølte litt, men ...»

Frank sukket.

«Jeg skal snakke med kona. Sender deg en SMS.»

«Takk, Frank!»

Frank avsluttet samtalen til lyden av vinden som ulte utenfor og regnet som pisket mot vindusrutene. Han tok med seg en stor kopp kaffe inn i stuen til Alexandra.

«Kan jeg få gå på pressekonferanse i kveld?»

«Dreier det seg om dem drittsekkene som ble myrdet?»

«Kurt ble forsøkt drept.»

«Hæ?»

«Hvordan da?»

«Noen skjøt ham, men de endte opp med å treffe Felicia, en kollega. Det går bra med dem, men politiet skal fortelle om hvem de tror gjorde det, og hvor de står i saken.»

Alexandra sukket.

«Lover du å komme hjem tidlig?»

«Jeg lover.»

Han bøyde seg frem og kysset henne på pannen.

Noen timer senere satt Frank på første rad i publikumsmottaket på Trondheim Politistasjon og leste Aftenbladet.no på sin iPhone 4S. Artikkelen «Morder på frifot i Trondheim» hadde et kort intervju med Kurt Hammer, og forklarte hendelsesforløpet kort og konsist. Til slutt forklarte den at Felicia Alvdal var blitt skutt, men at hun kom til å klare seg.

Stemningen i publikumsmottaket var til å ta og føle på. De fleste journalistene hadde fått med seg at mannen som hadde drept en vakt på Værnes var fanget, og at han sannsynligvis var høyt oppe i Hells Angels-organisasjonen og var med på forbikjøringen ved Nidarosdomen.

Men ryktene verserte om politiet hadde fått ham til å tilstå, når rettssaken mot ham eventuelt skulle stå, og hvem han hadde valgt som advokat.

Da kriminalinspektør Harry Olsen entret rommet etterfulgt av inspektør Roy Dundre ble hviskingen avløst av et nådeløst blitzregn.

Harry Olsen så sliten ut. En kulemage vitnet om mange, lange dager på jobb, og fullskjegget hans så ut som om det burde ha blitt stusset. For anledningen hadde han på seg en grå Armani-dress som så ut som om den var et par nummer for liten.

Inspektør Dundre hadde også en kulemage, men den var hakket mindre enn hans kollegas. Han hadde matchende dress fra Dressmann som så ut til å passe ham litt bedre. Hvalrossbarten så ut til å nettopp ha blitt trimmet, men den lyseblå ansiktsfargen avslørte et høyt arbeidstempo.

Harry Olsen gikk rett på sak.

«I går rundt kl. elleve ble Erik Larsen pågrepet utenfor redaksjonslokalene til Under Dusken på Vollabakken, mistenkt for å ha knivstukket Stieg Homme til døde. Foreløpig benekter han straffeskyld, men er varetektsfengslet inntil videre. Vi har også grunn til å tro, kremtet han, at Erik Larsen kan være den som står bak attentatet på Trondheim Torg. En person som tilsvarer hans personalia ble sett kjørende på en motorsykkel inn under Trondheim Torg rett før det gikk i luften. Vi jobber fortsatt med å innhente bevismateriale for å knytte ham til åstedet. Larsen har bedt om advokat, og advokat Tor Erling Staff har sagt ja til å ta oppdraget. Da gir jeg ordet til min kollega Roy Dundre.»

«Takk,» kremtet Dundre. Som noen av dere allerede har fått med dere, skjedde det i dag en episode på sykehuset. En journalist fra Aftenbladet, Kurt Hammer, ble etter det vi forstår, forsøkt beskutt mens han lå i sykesengen si. Gjerningspersonen traff derimot hans kollega Felicia Alvdal som var på sykebesøk. Hun blir for øyeblikket operert, og når hun er ferdig vil vi forhåpentligvis vite hvilket våpen det dreier seg om. Vi gjør for øyeblikket vårt ytterste for å lokalisere gjerningspersonen, men har ikke mye å gå etter. Da åpner vi for spørsmål.

En dame med skulderlangt, rødlig hår i trettiårene reiste seg.

«Frida Dalbakk fra NRK her. Saken som er skrevet av Aftenbladet nevner muligheten for at en russer stod bak attentatforsøket på Hammer. Hva har dere å si til dette?»

«Det kan vi hverken bekrefte eller avkrefte på nåværende tidspunkt.»

«Så det du sier er at en person kan ha fått med seg et våpen fra et annet land og nå dreper tilfeldige folk uten at dere har mulighet til å gjøre noe til eller fra?»

Dundre så ut som om han holdt på å eksplodere, men han klarte å holde seg i ro.

«Som sagt: vi kan hverken bekrefte eller avkrefte noe. Neste!!»

Frank Hansen reiste seg.

«Frank Hansen fra Aftenbladet. Har dere et mulig motiv for drapet på Homme?»

«Som sagt, Larsen har ikke innrømt noe, men vi har grunn til å tro at Larsen prøvd å rømme landet da han ble stoppa av Homme. Vi har funne elektroniske billetter til Amsterdam og videre til Miami. Larsen har sagt at han skulle på ferie for å besøk barn og barnebarn,» sa Olsen.

Klassekampens utsendte lyslugg reiste seg.

«Jo Skårderud fra Klassekampen! Er det noen grunn til at mistenkte har valgt Tor Erling Staff? Og har Staff sagt hvorfor han godtok?»

«Mistenkte har ikke uttalt seg om saken, men vi mistenker at det er fordi han vil ha medieoppmerksomhet. Staff syns det var en interessant sak.»

———

DOKTOR ERLANDSEN KIKKET PÅ KLOKKEN. Hans Lorus RF851DX9 i metall viste halv åtte.

«Maria, noter tidspunktet – begge kulene er funnet,» sa han idet han tok ut en 7,92 x 57mm Mauser-kule og slapp den ned i en metallskål sammen med den første kulen.

«Det er notert!»

«Bra, da er det vel egentlig bare å sy sammen her ...»

Omtrent et kvarter senere hadde Erlandsen kledd av seg den litt trange operasjonsfrakken og rettet på sitt brune, krøllete hår.

Inne på kontoret fant han frem sin iPhone 4 og tekstet en

melding til kriminalinspektør Roy Dundre; «To kuler lokalisert. Pasienten i god behold. Kontakt meg for overlevering av kulene. – Erlandsen.»

Erlandsen ristet på hodet. Sjelden hadde han befattet seg med et heldigere tilfelle. Hun hadde vært noen millimeter fra å måtte amputere, «men det er nok best at hun slipper å vite om det,» tenkte han.

KAPITTEL ATTEN

FJORTENDE FEBRUAR 2012

OLEG STOD OPP FRA SENGEN PÅ HOTEL ST. OLAV MED EN synkende følelse i magen. Politiet hadde dukket opp raskere enn han hadde regnet med i går. Nå ville alle grenseovergangene være bevoktet, så hans eneste mulighet ville være toget til Sverige.

Etter en kraftig frokost hvor det som så ut til å være den lokale avisen hadde bilder fra det som så ut til å være en pressekonferanse avholdt av politiet på forsiden, gikk han til resepsjonen og bestilte en taxi til togstasjonen.

Klokken hadde knapt passert 09:30 om morgenen, her inne var det helt stille. Men ute sydet det av liv. Biler kom og gikk, helikopteret tok av med sin karakteristiske lyd;

«Svosj, svosj, svosj!»

Oleg ble stående å undre. Kanskje var det noen andre som var drept av noen Gud hadde snudd et blindt øye til. Eller kanskje dreide det seg om en trafikkulykke – enda en skjebne overlatt til seg selv av Guds allmektige hånd. Kanskje noen høyere på samfunnets rangstige hadde funnet det for godt å utkjempe en av sine regelmessige kriger om dop eller territorier, slik de gjorde det i moderlandet.

«Sir?»

Han så forfjamset på den dresskledde mannen i resepsjonen.

«Your taxi is waiting, sir.» *Taxien din venter, sir.*

Han nikket til takk og gikk ut I regnværet. På vei til togstasjonen ble han sittende og se ut av vinduet i taxien igjen.

På tross av det konstante, hissige, regnværet slo det ham at han ikke ville hatt noe imot å bo her. Han kunne ikke helt sette fingeren på om det var de dyre klærne folk gikk med eller de fjonge husene, men dette landet virket på en eller annen måte tryggere enn det han kom fra.

Da han gikk av på Trondheim S fortsatte han umiddelbart til plattformen – toget skulle gå om ti minutter. Nede i avgangshallen som gikk opp til plattformen hadde det formet seg en kø av mennesker. Oleg dro frem passet fra innerlommen på jakken sin og stålsatte seg. *Jeg kommer til å bli tatt,* tenkte han. *På den andre siden, hva har jeg å tape?*

Vel fremme på slutten av køen ble han bedt om å vise passet av to politibetjenter som så ut til å ha kommet rett ut fra politihøgskolen.

«Where are you going, sir? » *Hvor skal du, sir?*

«Oslo?»

Den ene betjenten satte et par granskende, blå øyne i ham.

«I'm afraid you're going to have to come with me. » *Jeg er red du må komme med meg.*

«I have to be on this train! » *Jeg må rekke dette toget!*

«We might be able to recoup your expenses, but we can't promise anything. » *Vi kan kanskje gi deg penger for billetten, men vi kan ikke love noe.*

Betjenten tok et myndig tak i ham og ledet ham ut av køen.

«Am I arrested, officer? » *Er jeg arrestert, betjent?*

«No, but I'm retaining you for questioning. » *Nei, men jeg tar deg inn til avhør.*

Betjenten viste ham til en ventende politibil som kjørte ham de få hundre meterne til Trondheim Politistasjon.

Inne på et stort avhørsrom med hvite vegger, to bord, en lampe på veggen og en sofa langs den samme veggen ble han møtt av en middelaldrende mann med en viss pondus, stritt hår og hvalrossbart.

«Morning. My name is Roy Dundre. And you are ...? » *God morgen, mitt navn er Roy Dundre. Og du er?*

«Oleg.»

Mannen trykket på en pedal under bordet. Lampen på veggen ble tent.

«Intervju med mistenkt Oleg startet klokken kvart på elleve, den fjortende april. Mister Oleg, have you been to Scandic Hotell Lerkendal in the last few days? » spurte Dundre.

«Yes, is that a crime? » *Ja, er det en forbrytelse?*

«As it happens, my people just recently discovered a briefcase thrown into a container in the vicinity. It contained a gun. A rifle, to be more specific. And not just any type of rifle, but a Russian Mosin Nagant 30/91 Sniper. You wouldn't happen to know anything about that, would you? » sa Dundre. *Det har seg sånn at mine menn nettopp oppdaget en koffert slengt i en kontainer i nærheten. Den inneholdt et gevær. En rifle, for å være mer presis. Og ikke bare en hvilken som helst rifle, men en russisk Mosin Nagant 30/91 Sniper. Du vet ikke noe om det, gjør du?*

«This is an outrage. These are baseless accusations. I refuse to say another word unless I get to speak to a lawyer. » *Dette er en skandale. Jeg nekter å si et ord til før jeg får snakke med en advokat.*

«Very well. But first we need your fingerprints, » sa Dundre. *Greit, men først trenger vi fingeravtrykkene dine.*

Straks kom det inn en politikvinne med et blekkskrin. Oleg tok motvllig tommelen bort til platen og førte den så bort til arket som ble lagt foran ham.

Deretter gjorde han det samme for neste tommel, før han lot seg føre inn i håndjern av den blonde kvinnen.

Oleg hadde knapt sittet på glattcelle i et par timer da døren var blitt åpnet og to politibetjenter var kommet inn for å hente ham.

«Where are we going? » *Hvor skal vi?*

«You have some people waiting to talk to you. » *Du har noen som venter på å få snakke med deg.*

Inne på avhørsrom to satt to menn i hatt og grå frakker. Den ene hadde grånende hår og bukkeskjegg. Den andre hadde lys lugg og så ut som om han var omtrent halvparten så gammel som den andre.

Da Oleg kom inn i rommet reiste de seg umiddelbart, begge to, og møtte ham med ærefrykt i blikket.

«Who are you? » spurte Oleg. *Hvem er dere?*

«We're from the Norwegian FSB. Please sit, » sa den eldre mannen og pekte mot avhørsbordet. *Vi er fra PST, vennligst sett deg.*

«Do you have any idea what you've done?» sa den yngre mannen da de hadde satt seg. *Har du noen anelse om hva du har gjort?*

«I have not done,» svarte Oleg mutt. *Jeg har ikke gjort.*

Mannen sukket.

«You hit someone from a distance of more than a kilometer. Only a handful of people in the world could have made that shot. We need you to work for us. Train our snipers and carry out difficult shots! If you sign these documents ...» *Du traff noen fra mer enn en kilometers avstand. Bare en håndfull mennesker i verden kunne ha tatt det skuddet. Vi trenger at du jobber for oss. Trener våre skyttere og tar vanskelige skudd. Hvis du signerer disse dokumentene ...*

Den eldre mannen trakk ut noen papirer fra frakken sin.

«... we promise you a much shorter prison sentence. And obviously citizenship. You'll get to do what you do best, only with the full backing of Norwegian authority. » ... *lover vi deg et mye kortere fengselsopphold. Du vil få gjøre det du gjør best, bare med den fulle støtten fra norske myndigheter.*

En lang pause oppstod. Oleg stirret på dem uten at de kunne lese noe fra ansiktsuttrykket hans.

«Is he dead? » *Er han død?*

De to mennene vekslet forvirrede blikk.

«We're not really at liberty to say...» *Vi har egentlig ikke muligheten til å si det.*

Oleg nikket.

«You have to promise to get my wife and daughter here. They are in danger and must be given full protection. » *Dere må love å få min kone og datter hit. De er i fare og må bli gitt full beskyttelse.*

De nikket.

«I'm sure we can arrange that. Do you have an address? » *Det kan vi sikkert ordne. Har du en adresse?*

Den eldre mannen tok ut et blankt ark fra frakken, samt en penn. Oleg skriblet ned adressen og signerte deretter papirene.

«Very well. We look forward to working with you. There will be a trial, but we will make sure the prosecutor doesn't ask for more than five years. Normally you'd be looking at at least fifteen. » *Godt. Vi ser frem til å arbeide med deg. Det vil være en rettssak, men vi vil sørge for at aktoratet ikke ber om mer enn fem år. Vanligvis ville du fått minst femten.*

«Can I get that in writing? » spurte Oleg. *Kan jeg få det skriftlig?*

De to mennene smilte.

«I'm sure nobody wants any additional paperwork from this conversation, least of all you. » *Jeg er sikker på at ingen vil ha noen papirer fra denne samtalen, aller minst deg.*

De reiste seg.

«Please sit. We'll get someone to come pick you up. » *Vennligst bli sittende. Vi får noen til å komme å hente deg.*

Utenfor avhørsrom to støtte de to på kriminalinspektør Dundre.

«Frantzen, Martinsen.»

«Dundre.»

«Hva skjedde? Fikk dere ham til å tilstå?»

«Vi ville ikke gjort jobben vår om vi ikke hadde gjort det.» Den eldre mannen gav tilståelsen til Dundre.

«Nå kan dere ta dere av æren og pressen, og vi sørger for aktoratet. Se på dette som en vinn-vinn-situasjon.»

De to mennene løftet på hattene sine og forsvant nedover gangen.

«HVEM FAEN ER DET SOM HAR SLADRA?!»

Roy Dundre var sprutrød i ansiktet, tinningen hans avslørte en blodåre som så ut som om den skulle sprekke. Han hadde hasteinnkalt alle han jobbet med til et møte.

«Hva skjer?» spurte Line.

«Vi har PST på døra. Eller rettere sagt, vi hadde. Dem sitt inne hos ham nå. Dem insisterte.»

«Hvorfor skulle PST være interessert i en russisk morder?» spurte Brede.

«Jeg veit da faen jeg, men jeg vil anta at det har noe å gjøre med narkosaken som Kurt jobba på for PST. Jeg sverger, hvis jeg finner ut at noen av dere tystet, skal jeg personlig sørge for at dere ikke får nærme dere en uniform igjen så lenge dere puster!»

FELICIA VÅKNET OPP MED EN DUMP SMERTE I SKULDEREN. Fra hånden hennes gikk det en plastslange koblet til en beholder med morfin.

Hjernen var helt tom for tanker. *Hva faen var det egentlig som hadde skjedd?* Hun lukket øynene. Ut av den tåkete morfingrøten som var tankene hennes steg det to minner: Skudd. Kurt Hammer.

Forsiktig viklet hun av seg medisinteipen rundt hånden og tok ut proppen til plastslangen. Deretter hoppet hun ut av sengen og styrtet ut av rommet. Utenfor rommet holdt hun på å kollidere med en middelaldrende mann med pondus, sjokoladebrune mandel-øyne og krøllete, brunt hår.

«Ah, Felicia, så godt å se at du er på bena igjen. Du kan nok dra hjem om et par uker, men hvis jeg var deg ville jeg gått og lagt meg igjen – morfin kan gjøre deg litt omtåket.»

«Hvis jeg gjør det, kan du rulle sengen min inn til Kurt Hammer? Han reddet livet mitt, jeg må snakke med ham.»

«Hm, jeg antar det burde gå greit.»

«Tusen takk!»

Felicia gikk tilbake til sengen og ble umiddelbart rullet nedover gangen av doktor Polskaya.

Da Felicia kom inn på rommet til Kurt Hammer var han i telefonen.

«Ok, takk, Frank! jeg får visst besøk her, så jeg må legge på nå. Ha en fin perm videre.»

Han snudde seg mot henne.

«Godt å se at du er i live,» sa han.

Hun smilte.

«Doktoren insisterte på at jeg skulle gå og legge meg ned, jeg sa jeg kunne gjøre det om han lovet å trille meg inn til deg,» sa hun.

Erlandsen rullet sengen inn ved siden av Kurts og forlot rommet.

«Husker du hva som skjedde? Den hersens morfinen ødelegger korttids-minnet mitt,» sa hun.

«Jeg ... holdt deg inntil meg. Jeg skulle selvsagt ha bedt deg om å legge deg på gulvet, men du overlevde i alle fall,» sa han nølende.

Hun gikk ut av sengen, dro med seg morfinapparatet, og kysset ham på kinnet.

«Takk,» sa hun. «Jeg skylder deg livet mitt.»

Gjerningsmann tatt
Av Frank Hansen

Tidlig på formiddagen i går ble en mann av russisk opprinnelse, Oleg Abakumov, anholdt av politiet på Trondheim Sentralstasjon. Han var på vei til Oslo med tog.
Mannen kom i løpet av dagen med en full tilståelse for drapsforsøk på journalist Kurt Hammer og legemsfornærmelse på journalist Felicia Alvdal. Begge jobber for Aftenbladet.

Seier

Kriminalinspektør Roy Dundre omtaler tilståelsen og anholdelsen som en seier for politiet i Trondheim.
- Vi har hatt veldig mye å gjøre den siste måneden, og vi har fortsatt mange brikker å legge i puslespillet som har oppstått. Derfor var dette en seier for oss.

Rolig

Selve avhøret gikk veldig rolig for seg, forsikrer Dundre.
- Han hadde ikke andre våpen enn det han hadde kastet i en konteiner i nærheten av Scandic Hotell Lerkendal. Det fant vi ganske raskt, og jobber med å etablere at kulene som ble funnet i Felicia Alvdals skulder kunne ha blitt avfyrt fra dette.

- **Helt utrolig**

Våpenet skal ha vært et gevær av typen Mosin Nagant 91/30 PU Sniper. Aftenbladet har snakket med våpenekspert Finn Lium fra Tynset, og han er mektig imponert.
- Hvis avstanden du har oppgitt er korrekt, er dette helt utrolig. Det finnes bare en håndfull mennesker i verden som kan treffe et mål på en avstand over en kilometer. Denne mannen må ha hatt spesialtrening eller være et naturtalent, avslutter Lium.

KAPITTEL NITTEN

FØRSTE MARS 2012

«Kommer du?»

Olya nikket. Hun forsøkte å bruke så lang tid som mulig på å trekke den røde kjolen over hodet. En mørkhåret dame som hadde kommet inn og presentert seg som Felicia hadde tatt den med i ukene etter eksplosjonen.

«Thank you,» hadde hun hvisket. «Kurt?» *Takk. Kurt?*

«Yeah, I'm a colleague of his. I figured you both needed some new clothes. » *Ja, jeg er kollegaen hans. Jeg tenkte at du kunne trenge nye klær.*

Olya tittet på seg selv i speilet. Det var en gammeldags kjole med blonder og hvite blomster.

«How do I look? » *Hvordan ser jeg ut?*

«Great! » *Bra!*

Stemmen til den blonde politikvinnen som hadde presentert seg som Line hadde en moderlig kvalitet over seg som fikk henne til å føle seg trygg. Ute pøsregnet det idet de satte seg i politibilen som ventet mellom de store betongkolossene som utgjorde St. Olavs Hospital. Olya hinket, og brukte lang tid på å sette seg inn.

Hun stirret ut av vinduet idet de begynte å kjøre. På tross av det konstante, pulserende regnet som boret seg som et missil inn i hodet hennes, fant hun denne byen mer tiltrekkende enn Moskva.

Alt var mindre, mer intimt her; klærne, husene, antallet tiggere. Samtidig var alt mer prangende og ekstravagant. Trondheim fremstod for henne som et Moskva i miniatyr uten all støyen og skitten.

INNE PÅ AVHØRSROM SATT KRIMINALINSPEKTØR ROY DUNDRE OG VENTET PÅ HENNE MED TO KOPPER KAFFE. Hun satte seg umiddelbart ned på den andre siden av det store avhørsbordet.

Han trykket på en pedal under bordet.

«Interview with Olya Volkova started at first of March 2012, 11:15am. It's good to finally have you here,» sa han. «I suppose Line has already told you we're placing you under arrest?» *Intervju med Olya Volkova startet den første mars 2012, 11:15. Det er godt å endelig ha deg her. Jeg antar Line allerede har sagt til deg at vi skal arrestere deg?*

Hun nikket.

«Good. We have evidence that you killed Petter Jansrud and Christian Blekstad,» sa han. *Godt. Vi har bevis for at du drepte Petter Jansrud og Christian Blekstad.*

Han trakk frem noen papirer og la dem på bordet.

«If you plead guilty, I will do everything I can to make sure you get a reduced sentence,» sa han. *Hvis du tilstår vil jeg gjøre alt jeg kan for at du kan få en redusert straff.*

«It was not murder. They assaulted me. It was self-defense.» *Det var ikke mord. De angrep meg. Det var selvforsvar.*

Dundre snøftet.

«Do you really expect me to believe that?» spurte han. *Forventer du virkelig at jeg skal tro på det?*

«I don't care what you believe,» svarte hun. «Have you captured Erik Larsen?» *Jeg bryr meg ikke om hva du tror. Har dere fanget Erik Larsen?*

Dundre så spørrende på henne.

«He raped me and threatened to murder me, » svarte hun. *Han voldtok meg og truet med å myrde meg.*

«Would you be willing to testify? » spurte han. *Ville du vært villig til å vitne?*

«When is the trial?» *Når er rettssaken?*

Dundre tenkte seg om en stund.

«I'll let you know. You're going to put this man down good. In the meantime, you're under arrest. » *Jeg lar deg få vite det. Du skal sørge for at denne mannen får en lang straff. I mellomtiden er du under arrest.*

Han reiste seg for å forlate rommet, men snudde I døren.

«Oh, and by the way, you're lucky, » sa han. «Line has informed me about the state of your legs, and we've arranged for access to a physician every three days. Enjoy your stay!» *Ja, og du er heldig, forresten. Lina har informert meg om bena dine, og vi har sørget for at du får tilgang til en fysioterapeut hver tredje dag.*

En svart Mercedes rullet inn gjennom betongporten merket "Kriminalomsorgen Trondheim fengsel". Skriften var rammet inn av en bue av metall bygget inn i selve betongen. Toppen av betongporten var også kronet med en list av metall. Under skriften var det bygget inn en slags garasjedør av metall innrammet i blått.

Den sorte bilen fortsatte inn til en avlang bygning av rød murstein og stoppet opp. Ut av bilen steg en bebrillet mann med rutete skjorte, grått hår og grå frakk. I venstre hånd holdt han en stresskoffert. Foran jerndørene til det røde mursteinsbygget stod en mann og ventet. Han var et hode høyere enn den andre, og kledd i dress.

«Er han klar?» sa den bebrillede mannen til den andre.

«Han venter.»

På samme tid ventet Erik Larsen besøk på cellen sin. Den var ikke særlig stor – inventaret bestod for det meste av et toalett, en pult, og en kombinert skap- og hylleløsning i beiset tre samt en seng. På pulten hadde han plassert en liten TV og en liten stereo.

Den eneste stolen var vendt bort fra pulten – selv satt han på sengen. Den var redd opp med enkelt hvitt sengetøy.

Han kunne høre at en nøkkel ble satt inn i låsen på andre siden av den blå celledøren. En bebrillet mann med grått hår kledd i en grå frakk over en rutete skjorte ble sluppet inn.

«Hei!»

«Hei!»

Erik slo ut med armen mot stolen foran pulten.

«Takk,» sa mannen.

Han satte seg, kledde av seg frakken og rakk frem en hånd.

«Tor Erling Staff.»

«Erik Larsen.»

«Skal vi se,» sa Staff. Han tok stresskofferten på fanget og åpnet den. Ut av den dro han en bunke papirer.

Erik satt urørlig og stirret på papirbunken.

«Du er siktet for overlagt drap på Stieg Homme, samt terrorvirksomhet mot Trondheim Torg. Har du noen tanker om hvordan du vil stille deg til siktelsene?»

«Han fyren angreip meg. Det var selvforsvar,» svarte Erik.

Staff sukket.

«Du er klar over at med ditt rulleblad vil retten ha problemer med å tro på det?»

«Bryr jeg meg ikke om,» svarte Erik.

«Når det kommer til terrorvirksomheten ...» begynte Staff.

«... så er jeg uskyldig,» svarte Erik Larsen.

Staff beholdt fatningen, og lente seg bare litt lengre bak på stolen.

«Vel, vi vet jo ikke hvilke beviser de eventuelt måtte ha, men jeg tviler på at de ville siktet deg om de ikke var ganske sikre ...» sa Staff.

«Det bryr meg ikke,» gjentok Erik.

«Du sier deg altså uskyldig i alle siktelsene?»

«Stemmer,» svarte Erik.

Staff tok frem stresskofferten fra gulvet og la papirbunken tilbake. Deretter kledde han på seg sin grå frakk igjen, med stor omhu.

Erik Larsen stirret i gulvet og kunne nesten ikke vente på å få fred. Tor Erling Staff reiste seg, plukket opp stresskofferten og gikk mot døren.

«En ting til,» sa han idet han stod i døråpningen. «Jeg fikk en tekstmelding fra statsadvokaten i sted. Du vil bli siktet for voldtekt og drapstrusler mot Olya Volkova. Hvordan stiller du deg til det?»

KAPITTEL TJUE

TJUENDE MARS 2012

NOEN HUNDRE MIL NORDØST FOR TRONDHEIM HADDE ET passasjerfly nettopp landet på Sheremetjevo-flyplassen i Moskva.

«Hvorfor oss?» sa den unge Frantzen til den mye eldre Martinsen idet de ventet på en taxi.

«Hvorfor ikke?» svarte Martinsen. Noen måtte ha hentet dem uansett. Vær glad for at du fikk en betalt tur til Moskva.

«Kunne godt ha klart meg uten,» svarte Frantzen, så opp på den grå himmelen og trakk den grå frakken sin tettere om seg.

En halvtime senere stod de to i Yugozapadnaja-nabolaget og så opp på en boligblokk som så ut til å være fra midten av femtitallet.

«Skal være her,» sa Martinsen og tok opp en lapp fra frakkelommen mens han kastet et blikk på den slitne nummerplaten festet på siden av mursteinsbygningen.

De gikk målbevisst mot oppgang 14c og ringte på. Døren ble åpnet nesten umiddelbart.

«Følg meg, og gjør nøyaktig som meg,» sa Martinsen idet han gikk over dørstokken og tok frem en Colt fra innsiden av frakken. Han løftet den med begge hender til hodet sitt.

Frantzen følte behov for å protestere, men instinktet hans sa at nå ikke var rett tid til å gjøre det, så han gjorde som han var blitt fortalt.

Vel oppe i åttende etasje presset Martinsen dørklinken forsiktig ned. Inne i en smal gang stod en kvinne inntil en mann med svart t-skjorte, militærstøvler, militærbukse og militærjakke samt finlandshette på seg. Han holdt en Luger P08 mot tinningen hennes. Kvinnen hadde skulderlangt, ravnsvart hår, et rundt ansikt som akkurat nå lyste av redsel, store røde lepper og store bryster.

«You better have Oleg, or she dies,» kom det innenfra finlandshetten. *Dere bør helst ha Oleg, ellers dør hun.*

Frantzen og Martinsen vekslet korte blikk. I løpet av et kort sekund satte Martinsen et skudd i pannen på mannen, og Frantzen et skudd i benet. Mannen falt i bakken, men ikke uten at et skudd ble avfyrt mot taket. Kvinnen falt på kne og la ansiktet i hendene sine.

Frantzen løp bort til henne og la frakken sin om henne.

«Are you Anna? » *Er du Anna?*

«They took her!» *De tok henne!*

Martinsen løp innover i gangen. Inne på et lite rom med en dobbeltseng og en sprinkelseng la han merke til at bunnen av sprinkelsengen var dekket av et teppe. Han tok ut et lommetørkle fra frakken og løftet på teppet. Det han fikk se var det blåbærblå liket av en baby. Han la teppet tilbake og gikk ut igjen til sin yngre kollega.

«Hun er død, det er ikke noen vits i å ta henne med oss. Vi må gå før politiet dukker opp – her er vi langt utenfor vår jurisdiksjon.»

Frantzen nikket og henvendte seg til kvinnen.

«She's dead, there's nothing more we can do for her. If you want to say goodbye, she's still in her crib. But make it quick, the police will be arriving at any moment. Your husband is waiting for you in Norway, if you want to see him you better come with us. » *Hun er død, det er ikke mer vi kan gjøre for henne. Hvis du vil si hadet er hun fortsatt i sprinkelsengen sin, men gjør det kjapt, politiet vil komme hvert øyeblikk. Mannen din venter på deg i Norge. Hvis du vil se ham bør du komme med oss.*

«Has he been arrested? » *Har han blitt arrestert?*

«I'll explain on the way, now's not the time. » *Jeg forklarer på veien, vi har ikke tid akkurat nå.*

Kvinnen snudde seg mot soverommet.

«By the way, use this, » sa Frantzen og trakk ut en plasthanske fra frakken sin. *Forresten, bruk denne.*

Hun så på ham, og trakk den motvillig på seg. Inne på soverommet løftet hun det lille barnet ut av sprinkelsengen og holdt det tett inntil seg i noen sekunder.

Idet sirenene nærmet seg blokken, gikk tre personer – en ung mann, en eldre mann og en kvinne – inn i en taxi på andre siden av et gatehjørne.

———

TINGHUSET I TRONDHEIM VAR EN STOR, grå bygning utformet i granitt. Foran de grønne dørene stod en statue av en skjeggete mann i marmor og speidet utover de ærverdige trappetrinnene som ledet inn til bygningen.

Munkegata var proppfull av biler, fra ruinene av Trondheim torg til Nidarosdomen. Politibiler, privatbiler og presse-biler fra TV2, CNN, NRK, BBC og Fox News.

I likhet med rettsaken til Breivik et år i forveien var det blitt tatt en beslutning om at bare deler av rettsaken skulle offentliggjøres på TV, men det hadde ikke gjort den mindre attraktiv for mediene.

Idet Erik Larsen ble ført inn i rettsal 309 med vannkjemmet hår, iført en grå Armani-dress og håndjern, satt Kurt Hammer og Frank Hansen på den fremste pressebenken.

«Glad du tok deg tid til å bli med,» sa Kurt til Frank.

«Er ikke sikkert jeg får lov til å være med alle dagene, men jeg overbeviste Alex om at du trengte en støttekontakt når du kom ut fra sykehuset,» svarte Frank humrende.

———

«KAN SIKTEDE REISE SEG?»

Summingen i sal 309 gav seg idet aktor Wenche Arntzens stemme tok ordet.

«Det er tatt ut en tiltalebeslutning mot Erik Theodor Larsen. Ifølge beslutningen er du siktet for brudd på straffelovens paragraf 147a, som nevnt i paragraf 148, 151a, 151b første ledd, jamfør tredje ledd, 152 annet ledd, 152a første, tredje og fjerde ledd, 152b, 152c, 153 første til tredje ledd, 154, 223 annet ledd, 231 jamfør 232, eller 233.

Du er også siktet for brudd på straffelovens paragraf 192 som omhandler; a, den som skaffer seg seksuell omgang ved vold eller ved truende adferd; eller b, som har seksuell omgang med noen som er bevisstløs eller av andre grunner ute av stand til å motsette seg handlingen; eller c, ved vold eller truende adferd får noen til å ha seksuell omgang med en annen, eller til å utføre tilsvarende handlinger med seg selv.

Du er også siktet for brudd på straffelovens paragraf 233, som omhandler den som forvolder en andens Død, eller som medvirker dertil. Har den siktede forstått tiltalebeslutningen?»

Erik Larsen kastet et blikk på Tor Erling Staff, som nikket.

«Ja, dommer,» sa Erik.

«Da vil du heretter bli omtalt som «tiltalt». Erkjenner du straffeskyld,» spurte Wenche.

«Nei,» svarte Erik.

«Da kan du sette deg,» sa Wenche.

OLYA BLE FØRT INN MED HÅNDJERN I RETTSSAL 309. Hun satte seg på en stol foran podiet i gyllent tre som var plassert i midten av rommet, hvor den store politibetjenten som hadde ført henne inn i rommet låste opp håndjernene. Veggene i rommet var dekket fra midten og ned av gyllent tre, og fra midten og opp i hvit kalk. Den ene langveggen bak Erik Larsen og Tor Erling Staff var prydet med to malerier av abstrakt kunst i sterke farger.

«Du er kalt inn som vitne i denne saken, begynte dommer Larsen på gebrokken engelsk. Er du innforstått med at det kan medføre straffansvar å ikke svare sant?»

«Ja.»

«Godt. Gjenta etter meg; «Jeg lover å fortelle den hele og fulle sannhet, på ære og samvittighet.»

Olya la sin høyre hånd over brystet og gjentok setningen.

«I din forklaring til politiet har du sagt at du kom til Norge for å få et bedre liv og endte med å livnære deg som prostituert. Stemmer det?» spurte Wenche på engelsk.

«Ja, det er korrekt,» svarte Olya.

«Kan du forklare hvordan du kom i kontakt med herr Larsen?»

«Han var min kunde, han fant meg på nettet,» svarte Olya.

Wenche tok en pause.

«Det neste jeg skal spørre om er vanskelig, men jeg er nødt til å spørre. I sin forklaring til politiet har Larsen påstått at du forsøkte å drepe ham. Kan du forklare hva som skjedde?» spurte Wenche.

«Han kalte meg en hore og holdt en kniv mot halsen min som jeg snudde mot ham og presset mot halsen hans,» svarte Olya.

Det gikk et lite gisp gjennom salen idet den av utseende spanske kvinnen fortalte, med kav russisk aksent, sin versjon av historien uten å blunke.

«Jeg kunne ha drept ham der og da, men jeg bestemte meg for å kaste kniven på gulvet,» fortsatte hun.

«Og så ble du tatt med til Trolla Brug, stemmer ikke det?»

«Det stemmer. Jeg tror styrken min skremte ham, så han kastet meg bort, kom seg ut av sengen, plukket opp en pistol fra buksene sine på gulvet og rettet den mot meg. Deretter fortalte han meg at jeg skulle komme meg ut av sengen og ta på meg klær. Jeg gjorde som han sa, og så kjørte han meg til Trolla på motorsykkelen sin.»

«Forsøkte du på noe tidspunkt å unnslippe,» spurte Wenche.

«Han slo meg bevisstløs med pistolen sin, og når jeg kom til bevissthet var jeg på Trolla,» svarte Olya.

«Vennligst beskriv hva som skjedde,» fortsatte Wenche.

«De diskuterte om de skulle drepe meg,» svarte Olya.

«De?»

«Medlemmer av Hells Angels, tror jeg. Alle sammen var motorsyklister. Jeg var desperat, så jeg tilbød dem ...»

Olya snudde seg. Øynene lette gjennom salen, og fant Kurt på den fremste pressebenken. Han så ut nøyaktig slik han hadde sett ut første gang han så ham, som en litt rufsete utgave av Jeff Bridges i kanarigul dress og fedora, men nå med armen i fatle. Hennes irrgrønne mandel-øyne møtte hans blå, og hun håpet inderlig at han kunne lese «unnskyld» fra blikket hennes.

«... Kurt Hammer,» sa hun.

«Var de på jakt etter ham,» spurte Wenche.

«Ja, han var visst, følte de, ansvarlig for døden til brødrene deres. Til tross for all voldeligheten og temperamentet hans, er ikke Erik Larsen dum. Han innså at jeg kunne bli nyttig, så de kastet meg inn i et mørkt rom og låste døren. Etter noen timer kom de tilbake og kjørte syklene sine inn. Så, ikke lenge etterpå, kunne jeg høre sirener utenfor. Jeg trodde at alle sammen hadde blitt tatt av politiet. Men det hadde de ikke, for på det som må ha vært neste dag, kom Erik tilbake. Han kjørte meg til et hotell i byen,» svarte Olya.

«Igjen, forsøkte du på noe tidspunkt å unnslippe?» spurte Wenche.

«Nei, jeg var for svak og sulten,» svarte Olya. «Erik fikk meg inn på et rom på hotellet, jeg tror han kjente fyren i resepsjonen, og fortalte meg at jeg skulle sende en melding til Kurt. Jeg gjorde det og la meg til å sove. Jeg våknet ikke opp før Kurt dukket opp på rommet. Jeg skulle fortelle ham alt, men han konfronterte meg, og så ...»

«Hva skjedde?» spurte Wenche forsiktig.

«Det var en stor eksplosjon. Jeg visste med en gang,» svarte Olya.

«Hva visste du?»

«At Erik stod bak. Det fantes ingen tvil i mitt sinn.»

KAPITTEL TJUEÉN

TIENDE APRIL 2012

«Hva tror du?»

Kurt Hammer og Frank Hansen satt på den fremste pressebenken på den siste dagen i rettsaken mot Erik Larsen. Hele salen var full, og summingen gikk for og mot om han ville bli funnet skyldig i alle tiltalepunktene.

«Jeg vet ikke,» svarte Kurt. «Vil ikke spekulere.»

All summingen i salen gav seg idet dommer Larsen og de fem andre lekdommerne i saken kom inn gjennom en dør fra venstre og satte seg. Dommer Larsen var en høy og tynn type med hvitt hår satt opp i en ungdommelig sleik.

«Retten er satt,» sa han. «Det er vedtatt en dom mot Erik Theodor Larsen, født 3/8 68. Jeg vil nå lese domsavsigelsen. Når det gjelder brudd mot straffelovens paragraf 147a, som anses som en terrorhandling og straffes med fengsel inntil 21 år når handlingen er begått med det forsett å skape alvorlig frykt i en befolkning, er tiltalte funnet skyldig. Tiltalte dømmes til fengsel i tretti år, fordi handlingen anses som grov. Ved avgjørelsen av om terrorhandlingen er grov, er det blitt lagt særlig vekt på at den har medført tap av flere menneskeliv og svært omfattende ødeleggelse av eiendom og miljø.

Når det gjelder brudd mot straffelovens paragraf 192 som omhandler; a, den som skaffer seg seksuell omgang ved vold eller ved truende adferd; eller b, som har seksuell omgang med noen som er bevisstløs eller av andre grunner ute av stand til å motsette seg handlingen; eller c, ved vold eller truende adferd får noen til å ha seksuell omgang med en annen, eller til å utføre tilsvarende handlinger med seg selv, er tiltalte funnet ikke skyldig.

Når det gjelder brudd mot straffelovens paragraf 233, som omhandler den som forvolder en andens Død, eller som medvirker dertil, er tiltalte funnet skyldig.»

EN SVART VOLVO V70II STOPPET OPP UTENFOR EN STOR, AVLANG BYGNING I HVITT TRE MERKET «13» i Volveveien. En mann i grå frakk gikk ut i regnet og åpnet bakdøren for en kvinne med ravnsvart hår og blå øyne som var kledd i en kåpe av minkpels.

«Her skal du bo,» sa han til henne på engelsk. Det er stort, jeg vet det, men vi fikk det billig. Var opprinnelig et student-kollektiv. Denne kan du bruke til å kontakte oss hvis det skulle være noe, sa han og rakte henne en Blackphone. Du må ikke kontakte noen hvis du ikke stoler på dem. Jeg kommer for å plukke deg opp når Olegs rettsak begynner.»

Sammen gikk de bort til inngangsdøren.

«For how long?» spurte hun. *Hvor lenge?*

«Jeg er ikke sikker ennå, men vi skal forsøke å sørge for at det ikke blir mer enn fem år. Velkommen til Norge, sa han og satte nøkkelen i låsen.

Prostitusjonens bakside
Av Kurt Hammer og Frank Hansen

Omtrent 1500 kvinner tilbyr seksuelle tjenester

via annonser i Norge. En av disse er Olya Volkova.
Volkova ble født i Moskva til en russisk far og halvt spansk mor. Som så mange andre i Russland etter murens fall endte hennes far opp med å miste jobben sin, og begynte å bruke mer og mer tid på det lokale vannhullet.
Volkova måtte vokse opp med en alkoholisert far som slo og mishandlet moren på det groveste – til slutt med døden som følge.
Da moren til slutt ikke lengre var til stede, var det ikke lengre noe som stod mellom Volkova og hennes far. Kvelden etter begravelsen hadde han drukket tungt, og skulle ta ut sin frustrasjon og tristesse på sin eneste datter. En vanlig ung kvinne ville ha resignert etter å ha måttet oppleve så mange år med psykisk terror – men Volkova forsvarte seg og endte opp med å drepe sin far i selvforsvar.
På grunn av Russlands utbredte korrupsjonskultur, og fordi ingen vitner fantes til det som hadde utspilt seg, så ikke Volkova noen annen utvei enn å flykte til et annet land.

Uten muligheter

Fordi familien hadde vært nødt til å leve på morens uføretrygd, ble Olya mer eller mindre konkurs idet hun døde. Men flere år i en omsorgsrolle for moren som egentlig skulle tatt seg av henne, førte til at Volkovas overlevelsesinstinkt ble skjerpet.
Hva gjør en ung kvinne uten fremtidsutsikter med null utdanning utover videregående skole som attpåtil blir tvunget til å forlate landet sitt?
For Volkova ble valget enkelt: Selge kroppen sin, eller risikere en fremtid i fengsel eller på mentalsykehus.
Flaks ville ha det til at en gammel kjenning av faren, en butikkeier i nærheten av familiens leilighet, var interessert i henne og hadde nok penger til å realisere hennes desperate plan. Knapt et døgn etter at hun måtte ta et skjebnesvangert

valg for å unngå forfølgelse, satte hun seg derfor på et fly til verdens rikeste land.

Ingen velkomstkomite

Idet hun landet på Værnes flyplass var Volkova omtrent like fattig som hun var rett etter at moren døde.
Det som møtte henne i Norge var en kald, skandinavisk virkelighetssjekk. Den første mannen hun forsøkte å selge seg til, advokat Christian Blekstad, viste seg å være en kald mann. Han skjelte henne ut og slo henne nesten bevisstløs, hvorpå hun druknet ham. Selv hevder hun dette var delvis av redsel, delvis fordi overlevelsesinstinktet tok overhånd, og delvis i selvforsvar.

Voldtektsmann

Christian Blekstad har voldtatt en kvinne minst én gang før. En kilde Aftenbladet har snakket med, forteller at saken ble hysjet ned da hun forsøkte å angi ham til ledelsen. Da hun til slutt ikke klarte å møte på jobben fikk hun sparken.
Kildens lege, Martine Skog, jobber som fastlege ved Gildheim Legesenter. Hun kan bekrefte at hennes pasient fikk livsvarige skader som følge av voldtekten.
- Helt forjævlig tilfelle. Jeg oppfordret henne til å gå til politiet, men hun mente at det ikke var noen vits. På sett og vis forstår jeg henne. Skadene hun ble påført er omfattende, og inkluderer skader på den anale lukkemuskelen, ødeleggelse av nervene i avføringskanalen og bakteriell infeksjon som kan ha ført til kreft.
Sjefen for Adnor Advokater, Hans Løten, er ordknapp angående beskyldningene.
- Vi oppfordret henne til å gå til politiet. Om dette ble oppfattet som at saken hennes ble hysjet ned, er det sterkt beklagelig. Vi kan dessverre ikke gjøre noe overfor en ansatt

på bakgrunn av beskyldninger som kommer fra en annen ansatt. Det ville ikke vært rettferdig, sier han.
Pressekontakt Anne K. Hope ved Trondheim Politistasjon bekrefter at ingen anmeldelse ble mottatt fra Aftenbladets kilde.
- Dessverre har vi ikke ressurser til å følge opp alle voldtekts-anmeldelsene som kommer inn. I praksis får vi bare tatt hånd om noen få prosent, og svært få av dem ender opp i rettssystemet da det er vanskelig å skaffe bevismateriale i etterkant av en handling.

Et mareritt
Herfra blir Volkovas historie bare verre. Den tjueåttende januar ble hun kontaktet av den kjente langrennsløperen Petter Jansrud. Hun sa seg villig til å komme opp til huset hans på Byåsen neste dag. Det som begynte som en vanlig transaksjon utviklet seg til å bli et mareritt.
Jansrud dopet henne og bar henne opp på soverommet sitt. Men doseringen var ikke riktig – etter at han selv hadde gått ned på kjøkkenet for å konsumere alkohol våknet Volkova. Idet han kom tilbake med en kniv, angivelig for å drepe henne, utviklet det hele seg til et basketak som Volkova til slutt vant.
Da undertegnede kom til åstedet noen timer senere var liket av Jansrud hengt opp med tau mellom veggene i stuen, med sitt eget lem dyttet inn i kjeften til skrekk og advarsel. Volkova hadde unnsluppet nok en sadistisk voldtektsmann – denne gangen med livet så vidt i behold.
Aftenbladet har vært i kontakt med en kilde som stod Jansrud nær. Hun fikk oppleve en ny side av Jansrud en stormfull kveld da han kom hjem til henne. Han endte opp med å slå henne slik at hun knakk nesen, hvorpå han bandt henne til sengen og voldtok henne på det groveste. Saken ble anmeldt, men senere henlagt.
Pressekontakt Hope fikk med seg saken, og beklager på det sterkeste at den ble henlagt.
- Her hadde vi bevis i form av en skriftlig legeerklæring og røntgenbilder. Men saken ble dessverre henlagt på grunn av bevisets stilling, da det ikke var mulig å knytte skaden til Jansrud, avslutter hun.

KAPITTEL TJUETO

ELLEVTE APRIL 2012

KURT HAMMER SPERRET ØYNENE OPP. *HVA VAR DET SOM vekket meg?*

Det viste seg å være hans svarte iPhone 4S på nattbordet. Klokken var 01:15. Han plukket opp telefonen med en søvndrukken bevegelse og la den til øret.

«Hammer,» sa han.

«Hei, dette er Magne Lundvoll, Olyas forsvarer. Beklager at jeg ringer deg så sent, men jeg har sittet oppe med saksforberedelser.»

«Gjelder det Olya?»

«Ja. Jeg leste saken din i Aftenbladet - den snur hele rettssaken på hodet. Jeg kommer til å føre den som bevis, men mindre ...»

«Hva?»

«... du kunne overtalt kildene til å stille som vitner.»

«Jeg skal se hva jeg kan gjør.»

«Takk, dette vil virkelig hjelpe Olya.»

Kurt Hammer la seg til å sove igjen med et fornøyd smil om munnen.

Han våknet med en dundrende hodepine. *Hva var det som hadde skjedd i går kveld? Selvfølgelig – Anne Berit og Rachel!*

Han hadde knapt kommet seg ut av dobbeltsengen da telefonen ringte. Det viste seg å være redaktør Karlsen.

«Kurt!»

«Sjef - hva skjer?»

«Jeg trenger at du blir med Frank på en pressekonferanse på politihuset om et par tima. Dem skal oppsummere dommen til Erik Larsen.»

«Du, jeg fikk et oppdrag i går kveld om å skaffe vitner for Olya ...»

«Dette tar bare et par timer!»

Kurt sukket.

«Greit, jeg gjør det.»

Kurt la på, tok med seg sin kanarigule dress inn på badet og oppdaget en nesten tom Jack Daniels-flaske på vasken under speilet.

«Minn meg på å drikke mindre,» sa han til seg selv idet han gikk inn i dusjen.

På bussen på vei til politistasjonen forbannet han seg over at den var nesten helt full, og minnet seg selv på at han måtte sørge for å få penger fra forsikringsselskapet for motorsykkelen som var gått i luften. Likevel kunne han ikke unngå å smile da han fikk en melding på mobilen fra Felicia som fortsatt var innlagt på sykehuset; «Tenker på deg – F»

Inne på politistasjonen var stemningen blandet – de fleste journalistene var skjønt enige om at politiet hadde gjort en god jobb med rettssaken, men bekymringen for et nytt angrep av lignende karakter var nesten like trykkende som regnet som plasket mot de store glassfasadene.

Kriminalinspektør Dundre var i usedvanlig godt humør idet han inntok den provisoriske benken som var blitt satt opp foran inngangen til kontorarealene. Han kom sammen med politimester Voll, som for anledningen hadde på seg sin hvite politihatt med svart brem og gullemblem i front.

Begge oste av stolthet og lyste mot de fremmøtte med henholdsvis brune og blå øyne.

«Som dere vet,» begynte Voll, «har vi sørget for at mannen bak det horrible og feige angrepet på Trondheim Torg har blitt sperret inne for overskuelig fremtid. Leder for etterforskningen var Roy Dundre som sitter ved min side, og han fortjener all mulig honnør for godt utført politiarbeid. Han har også samarbeidet med blant andre inspektør Harry Olsen til venstre for meg. De vil nå svare på spørsmål. Takk!»

Kurt var den første til å reise seg, samtidig som Frank knipset noen bilder.

«Hvordan er sikkerhets- og terrorvurderinga i Trondheim akkurat nå? Kan publikum føle seg trygge?»

Roy Dundre lente seg frem til mikrofonen foran ham.

«Vi har hatt et tett samarbeid med KRIPOS under etterforskninga, og dem har sagt at terrortrusselen er liten i Trondheim akkurat nå. Dem er selvsagt lei seg for at dem ikke så dette komme.»

Et par timer senere satt Frank og Kurt i Franks sølvgrå Volkswagen Passat.

«Har du et par tima te overs, sa Kurt idet Frank rygget ut blant kaoset av biler fra TV2, NRK, CNN, BBC og andre nyhetsformidlere.

«Egentlig ikke, jeg må hjem og hjelpe til med middagen før jeg redigerer bildene.»

«Jeg fikk en telefon i går fra Olyas advokat. Han ville at jeg skulle hjelpe med å få Anne Berit og Rachel til å stille som vitner.»

Frank sukket og tok sin svarte iPhone 4S ut av frakkelommen.

«Hva gjør du?» spurte Kurt.

«Ringer hjem og spør om lov,» sa Frank.

«Hei, kjære, jeg må hjelpe Kurt med å overbevise ofrene fra saken om å stille som vitner,» sa Frank. Han la merke til at stemmen hans hørtes ut som om den tagg, uten at han mente det.

«... ja da, jeg skal forsøke å være rask. Elsker deg!»

«Hvordan gikk det?»

«Hun var ikke glad. Men hun respekterer at jeg jobber med denne saken.»

Ti minutter senere parkerte Frank bilen utenfor Øvre Møllenberg 41. Regnet hamret såpass kraftig på vindusrutene at begge to tok av seg ytterfrakkene sine inne i bilen og holdt dem over seg. Kurt hadde bare frakken halvveis på seg, så han måtte holde den oppe med bare én hånd.

Rachel åpnet nesten umiddelbart.

«Kom inn, kom inn. For et forferdelig vær!»

Da de var kommet innenfor stakk Rachel ut en hånd mot Kurt.

«jeg regne med at du er Kurt? Godt å endelig få treffe deg!»

«I like måte,» svarte Kurt.

«Hva gjør dere her?» spurte Rachel.

«Jeg ...» begynte Kurt.

«Kurt ...» begynte Frank.

De vekslet raske blikk fylt med like deler usikkerhet og flauhet.

«Kanskje vi kunne fått en kopp kaffe?» spurte Frank.

«Selvsagt,» svarte Rachel. «Kom inn!»

Rachel hjalp Kurt med å henge opp sin grå ytterjakke, og sammen gikk alle tre inn i stuen med den åpne kjøkkenløsningen. Rachel satte på kaffen og kom og satte seg på den andre siden av stuebordet.

«Jeg tror Kurt skal få si hvorfor vi er her,» sa Frank.

«Jeg fikk en telefon i går fra advokaten til Olya. Hu trenger hjelp. Det er ikke sikkert at hu vil unngå fengsel, men for å sørg for at hu får en så lav straff som mulig må retten overbevises om at hu drepte i selvforsvar. Eller i det minste følte seg trua. Og det er der ...»

Kurt så på Frank.

«... du kommer inn,» sa Frank.

«Dere vil at jeg skal vitne?» spurte Rachel hviskende.

«Du er jo beskyttet under kildevernet, så klart, men Olya trenger deg,» svarte Kurt.

Rachel sukket.

«Greit, jeg skal gjør det hvis han advokaten kan love meg at jeg får vitne uten å bli omtalt i media.»

«Jeg tror at saken skal gå i hvert fall delvis for lukkede dører,» sa Kurt. «Jeg skal be han ringe deg.»

På vei mot Gardermoens gate og leiligheten til Anne Berit, utbrøt Kurt til Frank: «Hu er fornøyd med meg nå.»

Frank så på Kurt.

«Hvem?»

«Marte. Hu smiler til meg fra ... der oppe, et sted. Det burde Alex og gjøre.»

Frank smilte.

«Hun gjør det. Hun er bare frustrert. Jeg skjønner henne, på sett og vis. Det plager henne nok at hun ikke finner seg en jobb. Men jeg håper det endrer seg.»

«Jeg må tenke på det,» sa Anne Berit. «Det er en grunn til at jeg er uføretrygda.»

Regnet hamret på vindusrutene til den gamle leiligheten som akkurat nå duftet av Friele kaffe og Earl Grey.

«Jeg tror du kan forklare deg på politistasjonen hvis du ikke er komfortabel med å stå frem i en rettssal,» sa Frank med beroligende stemme.

«Her er nummeret te advokaten. Du kan ring når du har fått tenkt deg om,» sa Kurt og rakte den middelaldrende kvinnen et håndskrevet notat.

Hun trakk brillene sine godt opp på nesen og så på den.

«Det skal jeg gjør, sa hun til slutt. Men jeg kan ikke lov noe.»

Idet de hadde trosset regnværet nok en gang og satt seg inn i Franks Volkswagen Passat sa Kurt: «Ser ut som om Olyas rettssak ligger i Anne Berits hender. La oss håpe hun gjør det rette.»

KAPITTEL TJUETRE

TJUENIENDE APRIL 2012

OPPMERKSOMHETEN RUNDT OLYAS RETTSSAK VAR IKKE NOE MINDRE ENN RUNDT ERIK LARSENS. På bare noen få dager hadde hun gått fra å bli omtalt som en kaldblodig morder til å bli omtalt som et offer.

Etter at Kurt og Franks sak var kommet ut hadde intervjuforespørslene hopet seg opp, men hovedpersonen selv hadde sittet taus på cellen sin.

Kommentatorer fra Norge til Iran, via USA, Tyskland, Skottland og Egypt lurte på om hun ville bli frikjent, og Russland hadde truet med politiske sanksjoner om hun ikke ble det.

Hele torget rundt statuen av Olav Tryggvasson og hele Munkegata opp til Nidarosdomen var full av biler på rettssakens siste dag før juryen skulle ta stilling til skyldspørsmålet.

Kurt Hammer og Frank Hansen hadde klart å karre til seg en plass på første pressebenk i et lokale som ellers var helt fullt. Idet Olya ble ført inn i håndjern, kledd i en rød fotsid kjole og høye hæler ble hele salen badet i blitzlys. Hun smilte ikke, men så heller ikke ned, og Kurt syntes hun så ut som en spanjolsk tanga-danserinne.

OLEG ABAKUMOV SÅ INN I SIN KONES ØYNE FOR FØRSTE GANG SIDEN HAN HADDE FORLATT RUSSLAND.

«Hvor lenge blir du?» spurte hun.

«De har sagt at de skal forsøke å få meg ut så tidlig som mulig, Jeg har fått jobb, Anna. Anastasia får en trygg fremtid!»

Anna la hodet i hendene på det lille bordet i det grå besøksrommet på Leira fengsel.

«Hva er det, vozlyublennyy?»

«De ... de tok henne. Hun er død,» hulket hun.

«RETTEN ER SATT,» sa dommer Fredriksen.

«Ærede rett, forsvaret vil nå introdusere det første av to vitner i dag, Anne Berit Knutsen.»

Anne Berit reiste seg langsomt og gikk bort til vitneboksen i midten av den avlange rettssalen. Hun hadde tatt på seg en fotsid svart kjole og satt opp håret. Hun var fortsatt syltynn, faktisk så mye at Kurt fryktet at hun kunne bli oppfattet av juryen som å ha en spiseforstyrrelse.

«Gjenta etter meg,» sa dommer Fredriksen. Jeg lover å fortelle den hele og fulle sannhet, på ære og samvittighet.

Anne Berit så på dommeren med store øyne, la hånden på venstre side av brystet og gjentok setningen.

«Først og fremst,» begynte Olyas forsvarer Magne Lundvoll. «Kan du forklare for retten hvordan du kjente til den avdøde, Christian Blekstad?»

«Han var advokat, ansatt i firmaet mitt, Adnor Advokater. Jeg jobba der som sekretær.»

«Så deres forhold var helt og holdent profesjonelt?» spurte Lundvoll.

«Det stemmer ... helt til han ... en dag ...»

Hun fikk tårer i øynene.

«Han ville ha meg inn på kontoret sitt for å ta stensil av et brev, sa han. Men da jeg var komme inn låste han døra og greip meg rundt halsen. Han holdt meg inntil veggen så hardt at jeg trudd jeg skulle kveles. Så forgreip han seg på meg analt.»

Magne fortsatte forsiktig.

«Skrek du?»

«Ja,» kom det umiddelbart. «Ja, jeg både skreik og bar meg. Men vi var de eneste på jobb akkurat da.»

«Når skjedde dette,» fortsatte Magne.

«Nesten nøyaktig ett år siden. Tjuesyvende april i fjor. Etter episoden fikk jeg livsvarige skader, og fikk større og større problemer med å komme meg på jobb. Jeg tok det opp med ledelsen, men episoden ble bare hysjet ned. Te slutt ble jeg oppsagt fordi jeg ikke klarte å komme meg på jobb og risikere å møte på Blekstad.»

«Har du noen bevis på hva som skjedde?» spurte Magne.

«Ikke utenom uttalelser fra legen min som er referert i artikkelen til Hammer og Hansen,» sa hun.

Magne lente seg tilbake.

«Forsvaret har ingen flere spørsmål,» sa han til dommeren.

«Har aktoratet noen spørsmål?»

Aktoren ristet på hodet.

Magne Lundvoll kremtet. Han dyttet de svarte designerbrillene sine lengre opp på ørnenesen sin og rettet litt på sin lysebrune pannelugg.

«Nå skulle vi egentlig hatt vitne nummer to her, men hun har ennå ikke ankommet. Forsvaret ber om en halvtimes pause for å lokalisere henne.»

«Det er godkjent,» sa dommer Fredriksen og slo klubben ved siden av seg i bordflaten.

I løpet av pausen forsøkte Magne Lundvoll, og etter hvert Kurt Hammer, å ringe og deretter sende melding til Rachel Skavlan et titalls ganger, men hun tok ikke telefonen og svarte ikke på meldinger.

Idet halvtimen var over begynte det å surre rykter i salen, spesielt blant journalistene, om at Rachel ikke kom til å dukke opp.

«Retten er satt,» sa dommer Fredriksen da halvtimen var over.

Det hvite håret hans så enda mer bustete ut enn det hadde gjort før pausen, og nå hadde han i tillegg en flekk av syltetøy i barten sin, noe som gav ham et ufrivillig komisk utseende.

«Er vitnet ankommet?» spurte han Magne Lundvoll.

«Dessverre, ærede dommer, hun ...»

Akkurat da gikk dørene til rettssalen opp, og inn kom en middelaldrende politimann løpende. Han fikk øye på Magne og løp rett bort til ham. Med en gang begynte alle i salen å hviske.

Magne og politimannen hvisket sammen en god stund før han til slutt erklærte;

«Rachel Skavlan har forklart seg hos politiet, og jeg har nettopp fått overlevert opptaket. Hvis ikke dommeren har noe imot det vil jeg legge frem dette som bevismateriale for retten.»

Dommer Fredriksen klødde seg på haken.

«Vel, dette er jo litt uortodoks, Lundvoll. Hadde aktoratet forberedt noen spørsmål?»

Aktor ristet på hodet.

«Da godkjenner jeg det,» sa Lundvoll og hamret i bordflaten. Retten tar pause i to timer for å ta stilling til det nye bevismaterialet som er fremkommet.

Etter to timer var retten satt på ny.

«Da vil retten be om sluttprosedyren til forsvaret,» sa dommer Fredriksen.

Magne Lundvoll reiste seg fra sin plass på forsvarsbenken.

«Ærede jury, dere har lest og hørt Olyas forklaring om hvordan hun har beskyttet seg selv, mot menn som av ofre er blitt beskrevet som «monstre» og «overgripere».

Dessverre var måten Volkova reagerte på egnet til å fremstille henne som en kaldblodig morder. Men tenk, ærede jury: still dere i hennes sko. Hvordan ville dere ha reagert i samme situasjon?

Naturligvis burde hun ha gått til politiet med en gang, men dette er en kvinne som var på flukt, men rettmessige grunner til å ikke stole på noe eller noen. Dette tatt i betrakning, samt det faktum at hun er en utlending uten inngående kjennskap til det norske rettsvesenet eller utøvende myndigheter, for ikke å snakke om at overgrepssaken til det ene vitnet som har uttalt seg ble henlagt på tross av bevismateriale, gjør at forsvaret ser seg nødt til å be om full frifinnelse på alle punkter.»

«Likeledes vil retten be om avslutningsprosedyren til aktoratet,» sa dommer Fredriksen.

Aktor Harald Stang reiste seg.

«Ærede jury, dere har selv hørt forsvaret karakterisere Volkovas reaksjonsmønster som egnet til å fremstille henne som en kaldblodig morder. Så hvorfor skal dere ikke tro at hun er nettopp det: En kaldblodig morder?

Ifølge forsvaret skal dere ikke det på grunn av utsagn fra to vitner. Det ene fikk saken sin henlagt og det andre gikk ikke engang til politiet med saken sin. I saken til journalistene Kurt Hammer og Frank Hansen har Volkova innrømmet å ha drept faren sin. I dette tilfellet har vi bare hennes ord for at ikke dette også skjedde i kaldt blod.

Alt tatt i betraktning ber aktoratet om at den siktede blir funnet skyldig i alle tiltalepunkt!»

Dom avsagt
Av Kurt Hammer, Hanne Estenstad og Frank Hansen

Olya Volkova ble i går dømt til syv år med mulighet for prøveløslatelse.

Hun ble dømt for å ha drept to menn, men retten fant det overveiende sannsynlig at hun har følt seg truet. Dette ble sett på som en formildende omstendighet.

Volkova virket fornøyd med dommen, og takket blant annet Aftenbladets journalister.

- Jeg vil takke Kurt Hammer og Frank Hansen for deres arbeid med å fortelle min historie, og jeg vil også takke min advokat Magne Lundvoll, sa hun til pressen i går.

Aktor Harald Stang er litt misfornøyd med resultatet, men mener ikke nødvendigvis det er oppsiktsvekkende.

- Kollega Magne Lundvoll gjorde en formidabel innsats, og med tanke på vitneuttalelsene som kom på sakens nest siste dag er ikke dommen overraskende. Men jeg er fortsatt en smule skuffet, åpenbart. Mine tanker akkurat nå går først og fremst til Jansrud og Blekstads familier, som hadde en tøff påkjenning i går.

Monster

Rettssaken har vart i to uker og én dag, og i løpet av den tiden har familiemedlemmene ikke bare vært nødt til å høre på Olyas partsforklaring hvor hun beskrev hvordan hun drepte mennene. De har også vært nødt til å forholde seg til vitneutsagn fra påståtte ofre av de drepte.

I sin avslutningsprosedyre refererte forsvarer Lundvoll blant annet til ett av vitneutsagnene hvor Jansrud skal ha blitt omtalt som et «monster» og en «overgriper». Flere av familiemedlemmene til stede reagerte på dette med gråt og forferdelse.

Har forståelse

Forsvarer Magne Lundvoll har forståelse for at rettssaken har vært vanskelig for de pårørende.

- Det er klart det er vanskelig, og det har jeg full forståelse for. Men dette er ting som må gjennomføres for at samfunnet skal fungere. Samtidig er dette en veldig spesiell sak, fordi Olya både er offer og overgriper på en og samme tid.

EPILOG

Kurt Hammer våknet av at hans iPhone 4S på nattbordet ringte høylytt. Han slo øynene opp og konstaterte at klokken var 10:40.

«Hei, din syvsover, jeg står utenfor.»

«Jada, jeg kommer. Fikk ikke sove i går.»

Han slepte seg ut av sengen, tok på seg den kanarigule dressbuksen og den hvite skjorten. Til slutt den kanarigule dressjakken før han gikk ut i yttergangen og åpnet ytterdøren.

Felicia så ikke ut som en kvinne som nettopp var utskrevet fra sykehus: hennes lange, brunsvarte hår blåste fritt i vinden. Hun hadde på seg en tettsittende, svart lærjakke og pilotbriller fra Rayban.

«Hei, sa hun og kysset ham. Godt å se deg igjen!»

«Likens. Er skuldra din bandasjert?»

«Ja, det er den, men jeg kan bøye den selv om det fortsatt gjør litt vondt.»

«Jeg hørte rykter om at du er blitt gift,» sa hun da de satt i hennes hvite Mini Cooper S 2012 modell med svart tak og kjørte nedover mot sentrum.

«Ja, papirene ble godkjent. Det er jo bare proforma, så klart, men ...»

«Gratulerer,» sa hun og smilte mot ham. «Du har gjort en bra ting.»

«Ja, Olya sa jo at hu ikke villa bli sendt ut av landet. Nå kan hun etablere seg her.»

Da de stoppet utenfor Nidarosdomen hadde det begynt å regne.

«Vil du at jeg skal følge deg?» spurte Felicia.

«Gjerne,» svarte han mens han gikk ut av bilen med to buketter han hadde kjøpt på veien.

Etter å ha lett en stund på kirkegården fant han graven til Lise. Den var fortsatt ny og bugnet over av blomster. Steinen var en enkel marmorstein, oppå hvis det satt to duer.

«Jeg skulle ha redda hu,» sa Kurt nesten lydløst.

«Det var ikke din feil,» sa Felicia og tok et godt tak i hånden hans.

«Jeg lå jo inne når hu blei begrava, så jeg fikk ikke sagt hadet engang.»

«Så gjør det nå,» svarte hun.

Han bøyde seg ned og la den ene av de to bukettene med hvite roser på toppen av haugen med liljer og roser. Den så ut som en krans med hvite safirer i regnet.

Til sist gikk de bort til Martes grav.

«Veit du,» hvisket Kurt.

«Hva?»

«Det er hu som har gitt meg styrken til å hjelpe Olya. Jeg tror også det var hu som hjalp meg tilbake til livet igjen på sykehuset.»

Han kysset den gjenværende buketten med hvite roser og la den på graven ved siden av den forrige han hadde lagt der.

De ble stående i regnet i fem minutter uten vekslet et ord før de gikk tilbake til bilen. På vei til Saupstadflata 3D kunne Kurt kjenne at mobilen vibrerte i bukselommen.

«Hei Kurt, det er Frank.»

«Hei! Hva står på?»

«Jeg ville bare si at dommen til Oleg faller i dag, i tilfelle du ville være der.»

«Å ja, nei, jeg er opptatt. Men jeg kan si fra til Felicia. Takk!»

«Ikke noe problem. Snakkes!»

Hjemme i Eirik Jarlsgate 16 stakk Frank mobilen sin i lommen og rettet seg opp i ryggen. Inne i stuen satt Alexandra på sofaen og ammet. Frank gikk inn og satte seg ved siden av henne.

«Blir du med ut etterpå? jeg tenkt å prøv ut den nye vogna,» sa hun.

«Kan godt det,» svarte han. «Men du? Jeg ble oppringt av redaktøren i dag. Jeg har fått tilbud om fast jobb.»

Inne i rettssal 302 i Trondheim Tinghus satt Anna og lyttet intensivt til at hennes russiske oversetter forklarte domsavsigelsen mot Oleg.

«De sier ... at han kommer til å få ... syv år med mulighet for prøveløslatelse.»

Anna smilte for første gang på lenge. I Russland ville han helt sikkert fått livstid.

Felicia stanset den hvite og svarte Mini Cooper S 2012-modellen utenfor Kolstadflata 3D, som viste seg å være et mellomstort rødt hus med hvite lister. Det stod på en stor, grønn gressplen omkranset av store trær, og var forbundet med en liten garasje.

«Lykke til,» sa Felicia.

«Takk,» sa Kurt. «Jeg kommer til å trenge det.»

Han gikk ut av bilen og opp den asfalterte veien til huset.

Inne i stuen satt det allerede en gruppe mennesker, for det meste menn mellom tretti og førti år, rundt et avlangt bord i tre. Noen satt i en brun sofa, andre i firkantede stoler av tre. Gulvet bestod av gamle tre-planker, og bordet stod på et rødt ryeteppe.

Kurt nølte et øyeblikk før han satte seg i en ledig stol.

«Hei, jeg er Kurt Hammer ...»

«Hei, Kurt Hammer,» kom det fra de andre.

«... og jeg er alkoholiker.»

Kjære leser,

Vi håper du likte å lese Trøbbel i Trondheim. Ta deg tid til å legge igjen en anmeldelse, selv om den er kort. Din mening er viktig for oss.

Oppdag flere bøker av Mats Vederhus på
https://www.nextchapter.pub/authors/mats-vederhus

Vil du vite når en av bøkene våre er gratis eller rabattert? Bli med på nyhetsbrevet på
http://eepurl.com/bqqB3H

Med vennlig hilsen,Mats Vederhus og Next Chapter

Lightning Source UK Ltd.
Milton Keynes UK
UKHW041827110321
380204UK00008B/482/J

9 781034 548034